MAREAS DEL CIELO

Claudio Gudmani Salman

2011

Capítulo I: ¿El inicio?

La primera vez que vi al iluminado fue en una foto borrosa que llegó a mi computador, mandada por mi editor, dos minutos antes de que éste entrara a mi cubículo, dándome órdenes de que debía tener todo listo para viajar en las próximas veinticuatro horas a Uganda, en el corazón de África, a reportear a este extraño personaje que convulsionaba a un pueblo pobre e incomodaba a los grandes conglomerados con sus visiones y palabras esotéricas.

Al Habi Rushdie apareció públicamente la primera vez en España, bajo el nombre de Servando Martín de Agüero, hablando en un perfecto español castizo, y exigiendo que el gobierno hispano no apoyara a Estados Unidos en su invasión a Irak, tras el desastre de las torres gemelas. Predijo atentados en el metro con milimétrica precisión, tanto en la península como en las islas del Reino Unido, pero nadie lo atendió mayormente, perdiéndose en la vorágine de los acontecimientos a las pocas semanas. Se habló muchas veces de este vidente que trató de advertir los hechos y se le buscó, a través de la CIA y Scotland Yard, sin éxito. Se dijo que era un hombre sin identidad y, por supuesto, el único Servando Martín de Agüero registrado, había muerto en 1974, a la edad de ochenta y dos años, y en nada se parecía a ese hombre relativamente joven que convulsionó aún más ese nefasto momento de nuestra civilización. Sin embargo, su foto circulaba por todas las agencias y un hombre con su misma apariencia reaparecía hace unas semanas en la mitad del continente más pobre.

Al Habi Rushdie, era el nombre de un niño egipcio desaparecido a finales de los ochenta, a la edad de tres años. El mito decía que era un niño muy especial, con habilidades telepáticas, gran oratoria, sobre todo por su corta edad, y que ya manejaba cuatro idiomas además del egipcio, a saber, español, inglés, italiano y un dialecto no identificado totalmente, que parecía ser de las tribus maoríes, propias de Nueva Zelanda en la Polinesia, lugar que por cierto nunca había visitado ni él ni sus ascendientes. Había sido visto por última vez, luego de pedirle a sus padres conocer la pirámide de Keops, donde se extravió. Pasaron treinta años sin que nada se supiera de él y ahora aparecía en Uganda, hablando del fin de los tiempos, de la salvación de las almas y de los pocos privilegiados que podrían presenciar la venida del Salvador.

No debo mentir, el tema de los grandes misterios, en especial los esotéricos, siempre me ha atraído, y como reportero en terreno, solían darme los casos de parapsicología barata que nunca convencían a nadie, y por supuesto, además de recorrer el país de sur a norte, o salir apenas a los territorios vecinos de Sudamérica, a saber Perú, Bolivia, Argentina, y alguna vez a Brasil, jamás había cruzado el Pacífico, ni el Atlántico a Europa, ni menos a África. Pero esta vez era diferente, porque el aparecido Al Habi Rushdie, en una de sus enigmáticas oratorias públicas, había nombrado a Chile, específicamente al desierto de Atacama, al archipiélago de Chiloé y a Rapa Nui, como santuarios sagrados de la tierra, algo así como tierra santa, donde podría aparecer el Salvador. Y no es que fuéramos nada especial, pues también había mencionado Machu Pichu, varios lugares de Egipto, India tibetana, Australia, algunas islas de Oceanía, y los alrededores del Amazonas. Era mi oportunidad, pero creo que mi editor, más que confiar en mí, no tenía a quien más mandar a esa región perdida, y lo hacía por mera curiosidad periodística, sin ninguna fe en el tema en cuestión, pensando en reportear un loco más, en primer plano. Pero yo... yo sabía que algo grande estaba por desatarse.

Esa noche del tres de diciembre, luego de haber estado toda la tarde recogiendo información de Internet, y de las agencias noticiosas de España, Brasil, Italia y EEUU, acerca del personaje aquel, y luego de haber recibido a última hora el mensaje de Ernesto Vallejos Vera, mi editor, que mi visa de corresponsal de *El Mercurio* ya estaba en orden para poder ingresar a Uganda, pude chatear con Natalia y decirle que me iría por unos días. Solamente entonces me di cuenta de lo lejos que estaba de ella, aunque viviera apenas al otro lado de la ciudad. Mi pequeña hija, a la que veía cada quince días, me amaba y yo a ella, sin embargo, el último tiempo había estado presionado en el trabajo, y solo había podido estar con ella una semana, a finales de enero, en la playa, antes de que se fuera con su madre y su nuevo padrastro a Estados Unidos, por ya un mes, a recorrer varios puntos de la Florida, incluido el mundo lleno de maravillas de *Disney*, disfrutando de las vacaciones soñadas que ellos podían darle. Que distinto a unos pocos días en la caleta de Tongoy, pero igual lo disfrutamos, porque Natalia no era como su madre, gozaba de todo, y no solo de lo *snob*, de lo lujoso, de lo material. Natalia sabía que unas buenas cosquillas llenas de risas y caricias de su padre, podía ser una de las instancias más felices de este mundo. Y a mí también me lo parecía, pero eran tan de vez en cuando...

En todo caso no puedo dejar de comentar que mi hija, a sus nueve años, era en su justa medida, muy parecida al niño Al Habi, sabía muchas cosas y tenía muchas habilidades, sobre todo sensoriales. Mucho más de lo que yo pude heredarle de mi genética, ya que mi infancia fue más bien pava, ordenada y casi sin expresión, de un niño retraído y miedoso de la vida. Me despertó de mis pensamientos, el sonido eléctrico y desentonado de mi celular. Era Ernesto, con su voz carrasposa de quien fuma y bebe mucho café negro.

- Todavía despierto, hombre. Mañana debes estar a las 6:45 en el aeropuerto. El avión sale a las 9:00 a.m. con destino a Sao Paulo, y ahí debes esperar como hasta las seis de la tarde, para tomar el vuelo a Johannesburgo, ya que no hay vuelo directo a Kampala. Debes hacer ese trayecto en bus o en una avioneta, y en el mejor de los casos, son como cinco horas más, así que no quiero que llegues en calidad de bulto, descansa.- mandó sin darme respiro.

- Estaba ordenando las últimas cosas...

- No hay nada que ordenar, guíate por tu intuición de rata, tú tienes un don para estas "cosas alternativas".

- Pero, ¿no me has dicho quién será mi contacto allá?

- Mira, Daniel, contacto, así lo que se llama contacto, no hay, pero tengo un amigo, un chileno *patí perro*, tú sabes, siempre hay uno donde menos se espera. Se llama Leopoldo Varas, el Lopo, que se fue como misionero a África, y se encamó con una negra. Cayó *lueguito* de su nube celestial a la tierra virgen de ébano. Como me dijo una vez en un e-mail: "no tenía dedos *pal* piano pero sí *pal* trombón". Él te servirá de guía y traductor.

Sonreí. Ernesto sabía decir las cosas con humor y hacer de la desgracia humana una comedia irónica.

- Bueno, entonces hablemos de los morlacos... ¿Con qué dinero me muevo?...

- Mañana en el aeropuerto estará el Peta. Tendrá efectivo y una tarjeta de crédito del diario, de esas doradas, con buen cupo, que debes rendir a la vuelta, así que guarda todos los comprobantes, porque si no te los descuentan.

El Peta, Pedro Talameo Ruiz Rosales, era un tipo alto, delgado y, por ende, gibado, para poder estar a tu altura. Era como una jirafa con melena rizada. De movimientos lentos y desgarbados, pero por sobre todo, un flaco buena onda. Algo así como el encargado de hacerte la vida fácil del departamento de prensa. Un aprendiz de periodista que se quedó por su buena disposición más que por su talento. Me tenía los pasajes, el pasaporte con acreditación de prensa, no más de doscientos dólares en efectivo y, como había dicho Ernesto, la tarjeta dorada.

- Mi madre dice que el egipcio habla con la verdad.- me sorprendió antes de despedirnos. - Ella es de campo y cree en los signos de la *Pachamama*. -dijo convencido.

- Ojala sea sólo un charlatán, dicen que habla puras barbaridades, que profetiza un mundo muerto, no sería bueno que dijera la verdad.

- ¡No, claro!... todos queremos seguir divirtiéndonos. La cosa no está tan mal por aquí.

- Cierto, siempre se puede estar peor.

El Peta, casi intuyendo mi mal estado de ánimo, me abrazó y se despidió diciendo:

- Recuerda que tú tienes tu pedazo de cielo aquí en la tierra. Natalia merece un padre feliz.

Era cierto, yo tenía una deuda con ella. Y para hacer válida la teoría de las sincronías, mi celular sonó.

- ¡Papá, hola!, voy llegando a Chile, estamos aterrizando.

- ¡Nati, linda!... no lo puedo creer. Yo estoy aquí en el aeropuerto, me voy por unas semanas a reportear una noticia a África. ¿En cuánto rato más llegas? - pregunté mirando el reloj Casio, antiguamente analógico, que seguía manteniendo en mi muñeca, casi como una reliquia *ochentera*.

- En veinte minutos, es más, me están pidiendo cortar el celu...

- Linda, te quiero... pero yo no podré esperarte, tengo que embarcarme ya. Nos vemos a la vuelta....- dije sin tener la certeza de que pudiera haberme escuchado algo de esta última frase. Al otro lado, había un sonido sordo, algo así como la nada.

Capítulo II: El viaje.
Kampala, Uganda, diciembre de 2012.

Todo fue muy rápido, no me di cuenta cuando ya estaba rumbo a Sao Paulo. En el avión, vi unas fotos turísticas de Brasil, y tuve una sensación muy rara al ver el Cristo Redentor en un artículo de Río de Janeiro. Era como una invitación a protegerse entre sus brazos, a mirar las cosas desde la altura sin temor. Con esa mezcla rara de angustia por no poder haberme encontrado con mi hija, y de paz, por cierta protección divina que pude sentir al estar casi frente a frente a la monumental figura de Jesús con los brazos abiertos que antes había visto en el folleto, proseguí, luego de la escala brasilera, a Johannesburgo, la capital del África rica y blanca.

El clima de Johannesburgo, caluroso y seco, era bastante parecido al de Santiago, y en nada se parecía al pegajoso y húmedo que me había despedido en Brasil. Después de casi dieciséis horas de vuelo lo único que quería era caminar, mover mis rodillas ya tiesas, que no me permitieron seguir jugando a la pelota con mis amigos de la universidad. Una incipiente artrosis de la articulación me tenía tomando medicamentos para el dolor. Sentirse viejo y acabado a los treinta y tres años es triste, pero, más aún, lo es que la azafata te trate de señor. Quizá era la barba que debía haberme sacado antes de partir. Mientras recorría el aeropuerto con mi mochila a cuestas en busca de un mesón de información de vuelos a Nairobi, Kenya, donde estaba mi contacto, no podía dejar de mirar a los personajes vistosos y excéntricos que se me cruzaban: mujeres negras de una belleza increíble y otras, extremadamente rubias de ojos calipso, todas de una altura que las hacía verse como diosas; hombres de negocios elegantemente vestidos, impecables, demasiado prolijos para la caótica escenografía andante de aborígenes, jóvenes punk y de otras tribus urbanas que pululaban, y muchos, muchos policías, paseándose con sus armas a la vista, para dar seguridad a través de la intimidación. Pero nada que fuera *sudaca*, no vislumbré ningún rostro latino, me sentí un extraño, un perdido. Rápidamente fui a una de las ventanillas de la South African Airways y compré un boleto a Nairobi.

Mientras esperaba la salida, tuve tiempo para chequear algunos datos en mi pequeño computador personal, como algunas direcciones de diarios locales, estaciones de radio y televisión, y el teléfono de Leopoldo Varas en Kenya. Le mandé un mensaje de texto para avisarle mi llegada en horas de la noche. No quise gastar dinero de más, y decidí llamarlo al pasar la aduana una vez que llegara a destino. De pronto, me llamó la atención una voz femenina que hablaba en italiano muy cerca mío, a mis espaldas. Discutía con cierta rabia a través de su celular, algo así como una pelea de amantes. Giré mi cabeza y reconocí en medio de la jungla de personas distintas y exóticas, una joven mujer de tez mate, cabello rizado, ojos verdes y almendrados, y una boca sensual. La sentí cercana, ella me miró, pero no dejó de discutir. Su chaqueta de un verde militar, tenía una insignia conocida: "*Greenpeace*", bordada en amarillo. Luego nos topamos en el embarque, y no puedo negar que sentí una fuerte atracción por ella, más cuando su rostro ya no estaba enojado si no más bien nostálgico. Quisiera haberla hecho reír, haberle hablado, pero la perdí en la fila de abordaje y tampoco la encontré en el avión, sin embargo, estaba seguro de que iba en mi vuelo, podía intuirlo.

A las nueve de la noche con veinte minutos, el avión aterrizó en Nairobi, tomé mi bolso y fui tras mi pequeño equipaje en la correa de desembarque, mientras llamaba por mi móvil al tal Lopo, rezando porque hubiera recibido mi mensaje. No contestó. Salí al *hall* del aeropuerto tras pasar por el control de aduanas y policía, donde miraron mi pasaporte con curiosidad, y chequearon, no sé cómo, la autenticidad de mi acreditación de prensa.

- ¡¡¡Chi Chi Chi, le le le!!!- coreó uno de los policías con una sonrisa y un acento nuevo para esa arenga conocida, recordándose del buen desempeño de nuestra selección nacional en el Mundial de Sudáfrica 2010. No dejó de alegrarme su recuerdo, quizá porque había sido una de mis últimas emociones positivas, además de las copas ganadas últimamente por la gloriosa Universidad de Chile, de esas que nos llenan de orgullo en el extranjero, demostrando que aún somos del tercer mundo y necesitamos ser reconocidos. Levanté el pulgar y sonreí, y eso fue la mejor visa, pues ni siquiera revisaron mi equipaje.

Me quedé mirando en todas direcciones, esperando entre la gente al tal Lopo, pero no me fue difícil reconocerlo cuando lo vi. Camisa blanca, pelo en pecho y un rosario de madera clara, colgado al cuello. Sus ojos negros, barba a medio filo, el pelo largo, casi un misionero abandonado en una isla.

- Daniel Mori Mataluna, sin duda, ¿no?- ya esa frase develaba un hombre contradictorio.

- El mismo, y usted es don Leopoldo...

- Lopo, para los amigos de mis amigos.

Yo no era para nada amigo de Ernesto. Era mi jefe, y con eso había suficiente. Aunque lo respetara como profesional, no podía haber un nexo afectivo, toda vez que tampoco compartía su forma de ser. Pero no era el caso hablar mal de él.

- Necesito hospedaje esta noche y comprar un boleto para ir a Kampala, ojala mañana mismo.

- No se preocupe. Si no le molesta, yo tengo un cuarto disponible en mi casa, es pequeño, pero la cama está bien, así no tendrá que ir a un hotel caro, ya que no le recomiendo los *"hoteluchos"* de por aquí. Además no es habitual tener un chileno por estos lados, podrá usted ponerme al tanto de las noticias de *"chilito"*. ¿Cómo va la reconstrucción después del terremoto?... sabe, mis padres son de Constitución y a mi hermano se lo llevó el mar...- confesó con los ojos medio húmedos y distantes en la lejanía.

El terremoto había sido hace dos años ya y aún había tanto por hacer, pero ahora no era noticia y pertenecía a la memoria que quería ser borrada, sobre todo porque había coincidido con mi separación definitiva, con la nulidad y con el nuevo matrimonio de Luciana.

- Lo siento.- dije casi por protocolo.- Vamos saliendo, usted sabe, estamos siempre soportando las inclemencias, las tormentas, naturales y humanas, pero, por ahora, las cosas van bien. El Gobierno se ha puesto las pilas y la gente también. Usted sabe que nuestro país se une ante las catástrofes y se desune por los políticos...

- Aquí se conoce Chile por el terremoto, por el fútbol, después del mundial incluso llegaron algunos turistas por aquí, y por la asombrosa historia de los 33 mineros… ¡Qué increíble todo eso!... ¿no?

- Si, todo eso fue mucho para un año.- dije pensando en otra época.

Era la segunda referencia que tenía acerca del fútbol, una de mis pasiones. Fui cadete de la *Universidad de Chile*, jugador profesional dos años, pero una lesión al tendón de Aquiles y luego la artrosis, me retiraron temprano. Incluso había entrado a Periodismo, pensando en ser periodista deportivo, pero por extrañas circunstancias, derivé a la investigación y a los reportajes de cosas extrañas, como ésta.

- Hicimos un gran mundial...

- Si, pero pudo ser mejor. En todo caso, el fútbol es solo parte del pan y circo que nos dan para distraernos de lo importante.- dije mirando un folleto local de turismo que recogí de los estantes del aeropuerto.

- Puede ser... Aquí puede ver alternativas de vuelo para Uganda, aunque son viajes cortos en aviones pequeños, son bastante caros. Si quiere ahorrar, puede ir en bus, son como cinco horas, pero es un viaje muy pintoresco.

- Preferiría un viaje rápido. Mi hombre que reportear puede desaparecer.

- Al Habi no desaparecerá esta vez...- dijo sorprendiéndome en voz baja.

- ¿Qué sabe de él?

- Que es un profeta por cierto... todo lo que dice ya estaba escrito de otras formas, solo lo está haciendo evidente, recordándolo, para que tomemos conciencia.

- ¿Crees en él?... ¿no es un loco más?...

- Yo creo, soy creyente en general, aunque haya abandonado mi hábito. ¿Tú qué crees?...

- No sé, algo me dice que no es un loco más, además que es un hombre misterioso, que aparece y desaparece.

- Te voy a contar algo: yo lo he visto en persona. Pero no con esta identidad. Hace algunos años fui misionero, como debes saber, y me encontré con un hombre joven en la mitad de la selva, enseñándoles a los aborígenes a mirar el cielo, las estrellas, algo así como astrología, pero mezclado con otras cosas esotéricas, como el tarot y la medicina de las plantas, que por cierto los aborígenes ya conocían. Tuve muchos problemas con él, cuestionaba mi visión religiosa y mi labor como misionero. Me decía que eran ellos los verdaderos elegidos, "los naturales" como los llamaba. Que no debíamos contaminarlos, si no aprender de ellos.

- Pero... era él, realmente, pues ahora habla de que debemos refugiarnos en lugares sagrados de la naturaleza y que se acerca la destrucción del mundo occidental. ¿Cómo se llamaba ese joven?...

- Servando...

- ...¡¡¡Martín de Agüero!!!

- Sí, así es.

- Sabes, ese hombre tendría ochenta y cinco años ahora, si estuviera vivo, él solo robó esa identidad.

- Me dijo otra cosa, antes de desaparecer. Sugirió que los cuerpos son instrumentos del alma y que podíamos tomarlos para experimentar la vida, cambiar de apariencia y de lugar, pero que seguíamos siendo almas errantes en busca de la luz esencial. Me afirmó que yo debía seguir mis instintos naturales si quería expandir mi alma y llegar al ser supremo. Dijo que nosotros, los católicos, éramos unos teóricos arrogantes, puro dogma momificado, y que no encarnábamos para nada la esencia de Jesús, que había dicho: *"Yo soy la Vida, quien crea en mí, vivirá eternamente"*. Después me hizo mirar alrededor, a esos nativos libres, y me dijo que nosotros, con nuestra civilización, habíamos traído la peste y la enfermedad por estos lados. Luego desapareció. Debo reconocer que mi fe me mantenía firme, pero a las pocas semanas, visitando una tribu bastante apartada en la frontera montañosa de Kenya y Uganda, vi aparecer un ángel con cuerpo de ónix, Salayia, una joven de no más de veinte años, que me mostró realmente la vida que yo no había conocido, la vida de los cuerpos unidos a través del alma. La vas a conocer en mi casa.

Yo me quedé atónito ante su historia, pero luego reaccioné.

- ¿La civilizaste y la tienes en tu casa haciendo las labores domésticas?... ¿no la dejaste seguir siendo "natural"?...

- Eres incisivo, Daniel, pero no, no es así. Vivimos en forma natural, muy modestamente, y aunque yo aún sigo teniendo los prejuicios occidentales, solamente me disfracé con vestimentas más típicas para ti, para venir a ayudarte. Muy pronto, quizá luego del encuentro, yo me vaya a vivir con ella a la montaña, junto a su tribu. Es ella la que me enseña a mí, la que me "naturaliza".

- ¿De qué encuentro hablas?...

- Yo te voy a acompañar a Uganda. Debo ver a Al Habi Rushdie una vez más.

No hubo más palabras hasta llegar a su casa. Tampoco pude negarle la posibilidad que me acompañara, más que mal, yo necesitaba de su guía por este territorio desconocido, más aún si había conocido al hombre.

Salayia nos recibió con una túnica de un color crudo blanquizco que dejaba ver, en su transparencia, todo el atributo de su cuerpo apolíneo. Era alta, de extremidades largas y cabeza hermosamente pequeña, de rasgos suaves. La verdad era un ángel. Su sonrisa de perlas y sus ojos alegres, llenaban todo el pequeño espacio de la cabaña del Lopo. Nos ofreció unos recipientes de agua de hierbas muy fresca, para aminorar el calor de la noche. Leopoldo me condujo a la pieza asignada para mí y me dijo que durmiera bien, pues teníamos que partir muy temprano al aeropuerto. Pero no me pude dormir muy luego. Los sonidos de amor entre Salayia y el afortunado chilenito, no dejaron de hacer chirriar la cama y gemir, leves, pero insistentemente, durante cerca de media hora, en que yo no pude evitar una erección asombrosa, que tuve que descargar en silencio y soledad.

Por la mañana todos bebimos más agua de hierbas y solo comimos una especie de pan casi vegetal, que, sin embargo, sabía muy bien. Entonces fue, por el hambre con que me lo engullí, que me percaté que no había ingerido alimentos desde casi un día entero. Lopo y Salayia se abrazaron casi espiritualmente sin decir palabras, y ella lo besó en la frente, para luego dedicarme una sonrisa llena de paz y un leve movimiento de su cabeza, que fue casi como una bendición. Sentí que íbamos por algo grande, como una misión sagrada, trascendente.

El avión a Kampala era bastante antiguo y pequeño. Un vuelo de no más de treinta personas, con motores de hélice, era como un viaje de los años cincuenta, tipo *"Casablanca"* con *Humphrey Bogart.*

La llegada a Uganda, coincidió con un alboroto de marca mayúscula, de un grupo de activistas por los derechos de los aborígenes, en las afueras del aeropuerto.

- Ya empieza.- profetizó el Lopo.

- ¿Qué quieres decir?...

- Los "naturalistas", ya te dije lo que decía el hombre, ellos son los elegidos y algunos nos hemos dado cuenta.

- ¿Eres uno de ellos?...

- Soy uno de ellos, pero no creo en la protesta, yo sé que los aborígenes serán elegidos igual, no es necesario la aprobación de ninguna ley, solo deben estar en los lugares adecuados.

- Pareces saber más de lo que me dices...

- Lo que sé lo siento en mi alma desde que vivo con Salayia, no es algo teórico ni dogmático, lo que será, será, y ni tú, ni yo, ni nadie, podrá impedirlo.

Por un momento sentí que el reportaje debería ser acerca de la transformación del Lopo en el ser que era ahora.

Corrimos por la calle, en busca del primer taxi que nos parara. Leopoldo tenía la dirección de un hotel en las afueras de Kampala, muy cerca de donde había estado apareciendo para sus oratorias el iluminado, como le llamaban aquí. No hablaba en la ciudad, si no en el campo o en las montañas, pero siempre por un periodo de tiempo suficiente para que llegara algo de prensa, especialmente internacional. El taxista que nos llevó, rumoreaba que aparecería esa tarde, en un par de horas más, si nos apurábamos en registrarnos en el hotel, él mismo podía llevarnos. La expectación en la población de Kampala, era más grande de lo que yo imaginaba, todos sabían del hecho y de las palabras del profeta. El hombre del hotel nos dijo que estábamos de suerte, que le quedaba una habitación con dos camas y que muchos periodistas de todas partes pululaban por ahí, como polillas ante un foco.

- Ayer habló en Kasubi, cerca del río, a unos tres kilómetros de aquí. La semana anterior estuvo tres días hablándole a los lugareños en Bujoko a unos veinte kilómetros al oeste, en las montañas. Yo creo que esta tarde volverá a hablar en Kasubi, o quizá pueda ser en Munaku, en la desembocadura...- nos informó el conserje.

- ¿Cómo sabremos con exactitud dónde aparecerá?

- ¿Qué te dice tu intuición?- me preguntó el Lopo, poniendo toda su fe en mí.

- ¿Cómo podría saberlo?... no sé.

- Ernesto me dijo que tenías un don para estas cosas.

- Sí, pero no soy vidente.

- Piensa, qué te suena, ¿Kasubi?... ¿Munaku?...

Miré un mapa que habían extendido sobre el mesón para mostrarnos los lugares. El taxista había entrado para apurarnos o se iría. Pude ver su impaciencia e interrogándolo fijamente, pregunté:

- ¿Kasubi?... ¿Munaku?... o... ¿Kitebe?

- Yo voy a Kitebe, es donde debo estar.

- Pues a Kitebe nos vamos, es ahí, junto a la laguna,- apunté fuertemente con mi índice sobre el mapa.

El taxista nos confesó que no iba a ir a Kitebe, que la mayor parte de los rumores decía que la reunión era en Munaku, pero que al oír Kitebe en mis palabras, no dudó que sería ahí. Estábamos bastante cerca, solo nos demoramos diez minutos por un camino hacia el sur, pero no había ninguna laguna ahí. Era una quebrada donde había plantaciones en una zona media pantanosa. Kitebe era un barrio, una calle, que no llegaba a ningún lugar, la noche estaba cayendo y una gran luna dominaba el sector, sin embargo, era ahí. Alrededor de doscientas personas estaban presentes, con velas, algunos, otros con las luces de las cámaras apostadas a cierta distancia, o de los autos, la mayoría *jeeps* o camionetas. Pudimos detectar que toda la atención estaba centrada en una roca grande, sobre ella un hombre de tez morena, barba bastante larga y cabellera tomada con un gran paño blanco, estaba sentado en silencio. De pronto, miró directamente en nuestra dirección y a más de treinta metros, escuchamos su voz, clara, prístina, tranquila, que nos dijo:

- "Han llegado a tiempo. Es hora de que dejen sus vidas pasadas, sus ataduras, y vengan con Él. Es hora de la limpieza, de la purificación y del vuelo eterno a la tierra prometida. No miren atrás…"

Las palabras fueron un hechizo, pues no pude negarme a recordar... me di cuenta que por mucho tiempo había hecho mi vida mirando atrás, pegado en un pasado que no volvería y que no podía superar.

Capítulo III: Luciana.

Luciana Marticorena Scorti, había sido mi única mujer. La conocí a los quince años en las fiestas del *Stadio Italiano*, compartimos los talleres de teatro ahí, jugamos a ser personajes de *Shakespeare*, éramos buenos, hacíamos linda pareja, representamos a *Hamlet y Ofelia*, a *Romeo y Julieta*, y no vimos venir el drama. Cuando fuimos elegidos para hacer una versión libre de *Tristán e Isolda*, basado en la versión de la ópera de *Wagner*, yo bebí la pócima y quedé condenado a amarla, quise rescatarla de su destino, duró algunos años, pero ella me lo dejó claro muchas veces y yo no lo vi.

Recuerdo una tarde, ella no tenía más de dieciséis años, ensayábamos la obra, y en un receso, sentados en el escenario, me miró fijamente.

- ¿Vas a ser actor o futbolista?...

- ¡Vaya pregunta!...No sé, tú sabes que lo que más me gusta es escribir.

- Bueno, ¿actor, futbolista o escritor?... es fácil, elige una.

- Quiero jugar, y después, escribiré, tengo toda la vida para hacerlo.

- ¿Y para qué pierdes el tiempo aquí, actuando?... la vida se pasa rápido, hay que aprovecharla. Yo quiero ser famosa, viajar, disfrutar...

- Bueno, a todos nos gustaría eso.- dije sin estar realmente convencido de mis palabras.

- Si, pero para eso hay que ser muy bueno en algo y ganar dinero con ello, si no olvídate de la fama, de viajar y disfrutar... o lo otro, es casarse con alguien que lo sea... ¿Tú en qué eres realmente bueno?...

Me quedé pensando en silencio, sin respuesta alguna.

Ahora que lo pienso mejor, quizá esa fue la clave que la llevó a aceptar ser mi novia, justo cuando yo jugaba profesionalmente al fútbol, con un futuro auspicioso por delante. Tal vez pensó, que cuando dejara la actividad, sería un buen periodista, especialmente cuando acerté con mis primeros reportajes y fui aceptado en el prestigioso diario *El Mercurio*. Quizá puede ser, que igual que yo, haya tomado un poco de la pócima del amor, quizá me quería realmente, pero no di la talla. Como digo, tampoco vi las señales y ella las vio antes.

Recuerdo también esa noche de sueños, en que yo, tontamente, le dije que no me interesaba el dinero ni la fama, si no solamente ser feliz... solo ser feliz, qué fácil suena y qué difícil es.

Más tarde, ambos ingresamos a estudiar periodismo. Fue coincidencia, pues cuando me lesioné, justo ella salía del colegio. A ambos nos gustaba escribir y leer, pero ella era más talentosa. Además era de una familia acomodada, su padre era un prestigioso anticuario y coleccionista de Arte, y ella había heredado su fino gusto. Yo nunca fui el elegido. Su madre me tenía cariño, pero no para que fuera el padre de sus nietos. Sin embargo, así fue. Luciana quedó embarazada el último año de la carrera, yo ya trabajaba en una revista, para la cual hacía reportajes de personajes excéntricos y curiosos del país, lo que me permitía una entrada mensual, así que decidimos casarnos, apurados, pero por amor. Al menos yo...

Luciana vivió un buen embarazo, y tuvimos la ayuda de sus padres para criar a Natalia, sin que nada le faltara. Yo logré hacer algunos buenos reportajes, bien pagados y algunos conocían mi nombre. No podía quejarme, pero ella fue más rápido. Pronto le ofrecieron, o le consiguieron, un empleo en la revista *Caras*. Era la periodista estrella, iba a entrevistar en terreno a todos los estelares de la farándula internacional. Entrevistó a *Luís Miguel*, a *Plácido Domingo*, a *Antonio Banderas*, a *Al Pacino* y a tantos otros, siempre hombres, ahora que lo pienso bien, seguramente porque era guapa y tenía llegada con el sexo opuesto. Hasta que ocurrió lo inevitable, le gustó ese mundo de luces y yo era poca cosa para ella. Las diferencias se marcaron y antes de que lo viera venir, supe por su propia boca, esa franca y sin escrúpulos, que ya no me amaba y que tenía un romance con un destacado conductor de televisión. No puedo olvidar el momento del dolor profundo que rompe tu alma. Llegó tarde esa noche. Tenía una reunión de ex alumnas del colegio, puras mujeres, me había dicho. Yo había ayudado a Natalia con su tarea, le había dado de comer, habíamos jugado un rato, la bañé y me leyó un instante, sus primeras lecturas vacilantes de los seis años, antes de anestesiarse y bostezar, avisando que ya estaba lista para dormir. Eran los mejores momentos, esos simples, sin dobleces. Luego yo leí un rato esa novela inquietante y entretenida, aunque inexacta, de *Dan Brown*, que me tenía enganchado, *"El Código Da Vinci"*. Estaba semi dormido cuando entró. La noté inquieta.

- ¿Cómo te fue?... ¿cómo estaban las chicas?...

- No fui.

- ¿Por qué?... si querías tanto verlas... pero entonces, ¿dónde estuviste hasta esta hora?...

- Daniel, no es el mejor momento para hablar, pero no te voy a mentir, estuve con Adolfo.

- ¿Cómo?... ¿qué Adolfo?

- Adolfo García Rico. Hace un par de meses que nos vemos.

- El de los estelares de la tele... pero, Luciana...

- Daniel, no me recrimines, lo nuestro hace rato que no funciona, que quieres, ¡que nos *caguemos* la vida eternamente!... él me hace sentir bien...

- ¿Y qué te hace?... te hace el amor que conmigo no resulta.

- Precisamente, me toma entre sus brazos y no me suelta hasta que estallo... ¿y sabes qué le hago yo?...

- Está bien... no sigas, no quiero saber.

- Ese es el problema, nunca has querido saber, siempre te evades y yo no soporto más esta situación... quiero la nulidad.

- Sí claro, no te preocupes, no voy a entorpecer tu vida.

- Daniel, esto iba a pasar tarde o temprano, tuvimos buenos años, compartimos cosas, pero ya no, aparte de Natalia, ya no tenemos nada en común.- argumentó en un intento por justificar lo injustificable, pero yo no iba a contra argumentar, no valía la pena, no tenía corazón.

- Mañana me voy a ir a Concepción, tengo un caso que investigar, de una desaparición y un avistamiento de ovnis.- dije casi deseando ser abducido.- Habla tú con Natalia, yo no soy capaz, a la vuelta me iré al departamento de mi hermana. Quizá la distancia nos haga ver las cosas con más calma.

- Eres muy generoso. No quise que las cosas pasaran así. Yo hablaré con Natalia, te lo debo.

- No es generosidad, no puedo enfrentar esto ahora. Tienes razón, prefiero evadirme, no puedo cambiar tus sentimientos.

Me fui a dormir con Natalia, me acurruqué a su lado y ella me abrazó dormida. No podía haber un lugar mejor en ese momento. Esa noche soñé que estábamos en la playa, los tres felices, y que una ola inmensa venía hasta nosotros y se las llevaba. No había mucho que analizar, desperté con los ojos llorosos, hice un bolso y me fui, de madrugada, en el más absoluto silencio.

Adolfo García Rico era un cuarentón animador televisivo, que estaba en el *top* de su carrera. En su juventud había sido un deportista de elite, no por logros increíbles, si no por los deportes que practicaba, destacando como jugador de Polo, pero también en las regatas, como participante de una tripulación que dio muchas satisfacciones en copas internacionales. A los treinta años, ingresó a la televisión sin ninguna experiencia, gracias a que su tío era un influyente director que lo recomendó para hacer notas a los deportes de reyes en un programa de gran fama. Cubría el Polo, Golf, Regatas, deportes extremos y todo aquel evento recreativo donde se juntaba la nata y crema de la alta sociedad chilena. Su simpatía era innegable, tenía carisma, y era atractivo, siempre con ese tono tostado propio del que vive un verano eterno. Luego de un par de años, logró tener un programa propio donde entrevistaba a grandes deportistas del mundo in situ, con lo cual viajaba constantemente a los lugares sagrados del deporte. Pero eso, aún no le daba una fama popular, por lo que dejó esa área, para conducir un estelar de farándula, que contrariamente a la tendencia maliciosa que tenía estos programas y a sus conductores, *"opinólogos"* y seudo periodistas, no se centraba en los escándalos, si no en el lado humano de los personajes entrevistados. Con esto se ganó la simpatía general del público y la chapa del soltero más codiciado. Aunque también la envidia de sus colegas.

Él iba para arriba, ella también y yo estaba estancándome en mi cubículo del periódico. No tuve fuerzas para reconquistarla, preferí dar un paso al costado con tal de tener una relación civilizada, que me permitiera visitar y estar con Natalia, cuando quisiera. La verdad es que el trato fue bueno, toda vez que mi amor se había ido transformando en un montón de desilusiones por los espejismos vividos y por la realidad desbordante.

Cuando volví a hablar con Natalia, unos días después, ella se mostró desconcertada. Me miraba con recelo, como si fuera un desconocido. Ante su mirada, sentí como se aguaban mis ojos, y no fui capaz de decir nada, solo atiné a abrazarla.

- ¿Por qué me abandonaste?

- Mi amor, pero si estás con la mamá.

- Sí, pero yo los quiero a los dos juntos.

- No va a ser posible, tu mamá te debe haber dicho algo ¿no?

- Me dijo que ustedes no podían seguir viviendo juntos y que todo iba a ser para mejor.

- Así es.- dije pensando en lo fácil que Luciana ponía las cosas para ella.

- Pero yo quiero que tú estés cuando me voy a dormir, que me cuentes cuentos, que me hagas cosquillas.

- Lo voy a hacer cuando estemos juntos, no te preocupes, yo te quiero mucho y siempre voy a estar contigo cuando me necesites.

- Papá, yo a ti siempre te necesito, no quiero que estés lejos.

Y yo ahora aquí, en medio de África, a miles de kilómetros de ella, escuchando a un hombre misterioso, sin saber como le fue en su viaje, como lo pasó en el mundo de fantasía de *Walt Disney*...

... dejar mi vida atrás no era posible. Mi vida estaba atada a la de mi hija y así debía ser.

- ¿En qué piensas, Daniel?...

- En todas la cosas que no quiero dejar.

El Lopo me miró con los ojos desorbitados.

- ¡¡Pero que necio eres!!... no le des la espalda a las palabras del Maestro.

- Mira Lopo, creo que este hombre es un oportunista. No me extrañaría que terminara en un programa de televisión, hablando de las profecías de *Nostradamus* y del calendario maya. Reconozco que tiene la capacidad de convocar a muchos incautos, pero no creo que pase de eso. Esta gente necesita una esperanza.

- ¿Y tú no?- me interrogó más calmado.

En ese instante, mi mirada estaba fija en un grupo de gente cercana, específicamente en un rostro conocido. Era la italiana de *Greenpeace*, silenciosa y concentrada, al igual que el resto, en las palabras de Rushdie. Por un momento, la silueta de la joven mujer me pareció muy similar a la de Luciana, en aquella época en que usaba su pelo natural, y no el rubio y alisado del último tiempo. Seguía acosándome el mismo fantasma de siempre.

Cuando volví a concentrarme en el discurso, Al Habi ya no podía ser distinguido en el lugar de antes, se había perdido en la multitud, a pesar de que seguía escuchando sus ideas, como si fuera una onda telepática.

- "Afina tus ojos entre la tiniebla y aférrate a la más mínima chispa de luz. Pues nuestro Señor aparecerá en medio de la oscuridad más profunda, cuando creas que todo está perdido, y solo lo verás, si mantienes intacta tu fe..."

- Lopo, ¿lo ves?...

- No, siempre desaparece así en medio de la gente y en total silencio.

- Pero si yo aún lo escucho.

- ¿A dónde?... yo no oigo nada hace rato.

-"... No dejes de creer, aunque no veas nada, Él siempre está ahí."

- Sigue hablando, yo lo escucho muy cerca, casi como si susurrará en mi oído.

- Necesito hablar con él. No podemos perderlo ahora.

Corrimos entre la gente, algunos iban en nuestro sentido, pero eran muchos más los que parecían huir en dirección contraria. Luego todo se llenó de un gas tóxico y algunos disparos se sentían a lo lejos. Todo se hizo caótico. El Lopo se me perdió entre la quebrada por la que bajábamos. Un negro me advirtió, escupiéndome las palabras entre su agitación.

- *Run... run!!! , It's the police..!!!*

Corrí instintivamente, como una reminiscencia de la época de la dictadura, hasta que me tropecé con ella.

Capítulo IV: Francesca Copolla.

Italia era parte importante en mi vida, aunque yo nunca hubiese estado ahí. Mi padre se vino huyendo de la guerra en los años cuarenta, desde Nápoles, y fundó su familia aquí, con un solo norte, trabajar duro para que a los suyos no les faltará nada, sin embargo, no pudo cumplir su sueño, pues murió a los pocos años, cuando yo era un niño. Casi ni lo recuerdo, si no fuera por algunas fotos y el amor incondicional de mi madre y sus relatos acerca del buen hombre que la conquistó. Mi madre aprendió de la viudez a sacar a sus pequeños hijos adelante, sin el futuro esplendor prometido. Como costurera, se hizo cargo de mí y de Patricia, mi hermana menor. Ella decía que era modista, pero yo nunca la vi diseñar ningún vestido, únicamente repararlos. Zurcir, hacer bastas, poner cierres nuevos, hasta hacerse pedazos los dedos con las agujas, y perder paulatinamente la vista con el esfuerzo. No puedo quejarme, pues no me faltó nada básico, comida, educación y salud, y hasta alcanzó para la universidad, claro que con crédito que aún estoy pagando. Patricia también logró ser alguien y hoy día tiene su puesto de secretaria, bastante cuidado en el tiempo, siendo ya indispensable para su jefe. Lamentablemente, eso la tiene sin vida propia, sin esposo, sin hijos, pues su dedicación absoluta no se lo permite. Tiene su departamento propio y se vale por sí misma. Como dice a veces, no necesita nada, lo que no es verdad. En eso del poco familión, sin duda, no somos italianos...

Tuvimos la fortuna eso sí de educarnos en la *Scuola Italiana* y tener una vida social buena como socios del *Stadio Italiano*, gracias a que nuestro padre al morir, nos dejó como vitalicios, gozando de esos seguros sociales morales para los que se quedan sin padre, que no están firmados en ninguna parte, pero que antes se respetaban como un acto de solidaridad. En ese tiempo conocí a una verdadera familia italiana, la de mis suegros... y ahora, "la bota" nuevamente aparecía ante mi encarnada en la italiana, Francesca Copolla, oriunda de Milán, hija de una hombre de negocios muy adinerado, que sin embargo, nunca apreció la terquedad de su niña, que quería un mundo más justo, más limpio, con menos bajeza humana. La joven rebelde hacía su vida y gastaba su mesada en una buena causa, la ecología global. *Greenpeace* la había seducido y reclutado en la universidad, cuando estudiaba arquitectura, y lo había dejado todo por la "misión", como le decía. Cuando me la topé en la multitud despavorida, me reconoció y tanto a ella como a mí, nos embargó una sensación de seguridad al estar el uno con el otro. Casi guiados por una sabiduría superior, corrimos en una dirección distinta al resto, lo que nos permitió alejarnos del tumulto y de la policía, y luego de un rato, nos vimos solos a orillas de un riachuelo, alumbrados por la luna llena...

- ¿Qué haces aquí?...

- Oyendo al iluminado... igual que tú.

- ¿Qué interés tienes en él?

- ¿No te parece interesante lo que dice?

Hablábamos en italiano, y me percaté que aún lo dominaba, a pesar del desuso.

- Claro, soy periodista, mi curiosidad me lleva.

- ¿Dé dónde eres?

- De Chile.

- ¡¿De Chile?!

- Sí, a algunos nos interesan estas....

- ¡Shhhhheeet!, silencio... alguien está por ahí.

Pude escuchar el crujir de palos y hojas pisadas, pero luego, apenas se oían ranas y grillos.

- ¿Andas solo?- susurró en mi oído, pudiendo sentir su aliento cálido por la agitación de la huida y del encuentro.

- Me acompaña un amigo, pero lo perdí en la confusión. Tú también andabas con más gente.

- Sí, pero no importa, nos encontraremos en la ciudad.

- ¿Y qué buscas en el iluminado?...

- Un reportaje.

- Un reportaje al Apocalipsis.- sonrió entre irónica y decepcionada.

- No, tal vez sea un reportaje a la Vida Nueva.

Me miró sorprendida, en el mismo instante que la besaba. Luego sus ojos se cerraron y se dejó fluir. Me sentí natural por primera vez en mucho tiempo, mientras mi boca recorría su cuello y mis manos, sus pechos, pero de pronto ella me apartó...

- ¡No!...¡¡¡esto no es posible en este lugar!!!... debemos irnos, corremos peligro.-

- Perdona, tienes razón.- dije tontamente como un niño descubierto en una travesura.

- No se trata de eso, no hay nada que perdonar, debemos seguir a Al Habi, yo debo seguirlo y juntarme con los otros. Nuestro *jeep* está cerca por ahí arriba, espero que todavía me esperen, no quiero caminar los diez kilómetros.

Mientras caminábamos en la oscuridad, yo siguiendo su ritmo de deportista de montaña, entre piedras y temor, me acerqué a ella y esta vez yo le susurré al oído:

- Te vi en el aeropuerto de Johannesburgo y me recordaste a alguien. No crees que sea una gran coincidencia que viniéramos en la misma dirección.

- No creo en coincidencias, creo que tenemos la capacidad de decidir nuestro futuro, pero no lo hacemos y dejamos que todo trascurra por inercia. Mira como tenemos el planeta, mira como nos responde con inundaciones, terremotos, tornados, tsunamis, tormentas, nevazones y erupciones. ¿Has visto como se matan ballenas, lobos marinos, elefantes, tan solo por simple codicia?...

No sabía qué responder, pero me fui por otro camino.

- Discutías, peleabas con alguien, por el celular, ese día en el aeropuerto de Johannesburgo... ¿era tu novio?...

-¿Mi novio?... no te parece que no es bueno espiar las conversaciones ajenas... ¡No!, no era mi novio... discutí con mi padre como siempre.

Fuimos interrumpidos.

- Francesca, por aquí estamos...

- Mikael... ¿eres tú?

- Sí, por aquí, apúrate que aún la policía anda dando vueltas por este sector.

Cuando nos sumamos al grupo, todos pusieron los ojos en mí.

- ¿Quién es éste?

- Un periodista chileno.

- Él viene conmigo.- dijo una voz conocida en las tinieblas. Era el Lopo. Me pareció que tenía cierto poder y que era uno más del grupo. Pero pronto me aclaró la situación.

- No, no soy uno de ellos. Los he ayudado en algunas cosas, comparto algunas de sus ideas, pero no soy más que un amigo al que se le devuelve el favor.

- Conoces a Francesca.

- La había visto alguna vez, hace tiempo, pero nunca he conversado con ella.

Los presenté. Francesca habló con sus compañeros y nos propusieron ir con ellos hasta el Cairo, pues se había corrido un rumor de que Rushdie hablaría allá en unos días más. Yo sentí que era una buena oportunidad de conseguir una entrevista con los padres del iluminado, y también de seguir junto a la italiana. Nos dejaron en nuestro hotel para recoger unas cosas y quedamos de reunirnos al otro día en la mañana. Sin embargo, todo sufrió un cambio inesperado...

Capítulo V: Las tumbas de Buganda.

El encargado del hotel tenía una carta para mí.

- Vinieron a dejársela hace poco.

- ¿Quién era?...

- Un niño pequeño.

La carta decía:

"Esta noche, en las Tumbas de los Reyes de Buganda en Kasubi, lo espero. Hablaremos de lo que viene. Al Habi Rushdie."

- ¿Qué pasa Daniel?...

- Es nuestra oportunidad. No podemos dejarla pasar. Al Habi me invita a encontrarme con él ahora. ¿Sabes de este lugar?... -le pregunté pasándole la carta.

- Las Tumbas de los....- leyó.- ¡Claro!... es un lugar sagrado y muy conectado con los "naturales". Sin duda es él.

- ¿Y cómo llegaremos a esta hora?

Era sabido las dificultades de salir una vez entrada la noche, poca movilización y peligro de ser asaltados. Kampala mezclaba modernidad con pobreza de una forma pecaminosa.

- No te preocupes, tengo el teléfono de Mukomo, el taxista que nos llevó esta tarde. Él también parece interesado en el maestro.

En menos de quince minutos, el hombre negro nos hizo cambio de luces desde la esquina, para anunciar su llegada sin ruido. Rápidamente corrimos y nos subimos. No sé si era adecuado ir con el Lopo y Mukomo. La misiva decía claramente "lo espero". Quizá el ir acompañado pudiera ser visto como un signo de desconfianza o de no haber entendido que tenía algo que decirme solo a mí. Pero tampoco era lógico pensar que yo era una persona especial para Al Habi. Por lo demás, El Lopo ya lo conocía y era un buen contacto para llegar a él de una forma más cercana.

No tardamos tanto en llegar. Mukomo parecía más nervioso de lo esperable, ansioso de ver al iluminado. Las tumbas estaban en un monte rodeado de cultivos, pero en realidad, era solamente un lugar circular con una choza grande en el centro. Todo muy simple, de madera nativa, con un orden casi rudimentario. Nos recibió un guardaparque muy autóctono, que, en un primer momento, nos miró con recelo y nos apuntó con su linterna, intimidándonos. Mukomo paró el auto y yo bajé.

- Perdón lo tarde. Soy periodista chileno y quería sacar unas fotos nocturnas de las tumbas...- dije apuntando a mi cámara.

- ¡No fotos!... no se puede, es muy tarde, todo está cerrado.

- Solamente las sacaré de aquí afuera.- dije para ganar tiempo esperando que Al Habi apareciera.

Claramente el hombre no me entendía. Mukomo se bajó del taxi y habló con él, pasándole unos billetes. El semblante del guarda parque se ablandó, mostrando sus blancos dientes en una sonrisa. Recién entonces, el Lopo descendió del carro. Más allá de nuestra presencia, el silencio de la noche y la luna llena hacían de todo un paisaje fantasmagórico. Los espíritus se sentían, pero del maestro nada. Era ya media noche.

- "El hombre no ve lo que tiene ante sus ojos... mira en una dirección equivocada, y menos cree en sus instintos ni en sus sueños, es un ser sin bitácora y sin brújula... ¿Por qué trajiste a los otros?"...

La voz resonaba dentro de mí, no había cuerpo, ni lengua que la dijera.

- Son mis amigos. Tú los conoces, ellos han estado en tus prédicas.

- ¿Estás seguro de que son tus amigos?...

- Al Habi, maestro, tú sabes más que yo.- dije casi en un trance espiritual, con una fe que nunca supe que tenía.

- Sé que hay una trampa y por eso no me hago visible. No es el momento.

- Pero tú me citaste aquí.

- Es cierto, pero es mejor que te vayas, corres peligro.

Sus palabras cada vez eran más poderosas en mi mente. No podía negarme a sus órdenes. Me di vuelta hacia Mukomo y el Lopo.

- Vamos, no habrá encuentro aquí.

- ¿Cómo dices?... ¿cómo sabes eso?...

- Lopo, él ya me habló y dice que corremos peligro, que nos vayamos.

- ¿Cómo?... ¿dónde lo viste?...

- No lo vi, habló en mi mente.

Mukomo permanecía unos metros más allá, mirándome con desconfianza. Percibí algo extraño. En ese instante, dos carros negros se acercaron rápidamente de la nada y cuatro hombres vestidos como agentes policiales o de un organismo de seguridad, se bajaron antes de que pudiéramos movernos en dirección al taxi.

- ¡Quédense donde están!- dijeron en un inglés norteamericano.

- Señor Mori, debe venir con nosotros.

- ¿Por qué?... ¿quiénes son ustedes?

- Todas sus preguntas serán contestadas en nuestra oficina. No tiene nada que temer.

- Solamente estoy haciendo un reportaje de las tumbas y tomando unas fotos.

- No gaste sus palabras, sabemos que no es así. No se preocupe, nuestros jefes necesitan hablar con usted.

El Lopo permanecía a mi lado. Mukomo trató de alejarse, pero los hombres le advirtieron que no lo hiciera.

- Todos deben venir ahora, no opongan resistencia, es un asunto de estado.

No nos quedó más que acceder por las buenas. Subimos a los automóviles y nos condujeron al centro de Kampala en el más absoluto silencio.

Capítulo VI: Thomas C. Wallcott.

Los tentáculos de la CIA están en todas partes. Aún en Uganda, las autoridades locales no pueden ni quieren hacer nada, ante la tutela de los organismos secretos norteamericanos. Una oficina camuflada en un edificio de grandes negocios, era el cuartel de operaciones de la Agencia. Allá nos llevaron y nos tuvieron, poco más de media hora, aislados. El Lopo por un lado, supongo que Mukomo también estaría siendo interrogado, y yo, con quien se hizo llamar Thomas C. Wallcott. Era un hombre con apariencia de mormón, camisa blanca, manga corta, con el último botón abotonado, el pelo rubio corto, ojos azules y piel blanca rojiza, lápiz entre los dedos con la sola intención de atormentar mientras lo giraba, pues nada anotaba en su hoja virgen.

- ¿Qué relación tiene usted con Rushdie?

- No lo conozco.

- ¿Por qué un ciudadano chileno está en Uganda?

- Usted tiene mis acreditaciones, soy periodista, estoy haciendo un reportaje.

- ¿Sobre qué?

- Sacaba fotos de las tumbas de los reyes de Buganda, para un reportaje de los lugares sagrados de África.

- ¿Y qué hacía en la tarde en la aglomeración no autorizada en Kasubi?... solo estaban ahí los interesados en el terrorista religioso Al Habi Rushdie.

- Me comentaron del hecho y me pareció interesante de reportear. Tiene que ver con la religiosidad del país.

- Sr. Mori, no tenemos nada en contra suya. Si tenemos un problema con este hombre. Sabemos también que su conciudadano, Leopoldo Varas, ha tenido contacto con él en el pasado. Tenemos activistas de Greenpeace alterando el orden en cada aparición que hacen y un montón de gente nerviosa, dejando de hacer su trabajo por seguir a este terrorista. Él está involucrado en una serie de atentados ocurridos en España e Inglaterra hace algunos años atrás. Tiene orden de búsqueda bajo distintas identidades y si usted no coopera, será expulsado del país.

- No tengo nada que decir. No conozco a este hombre más allá de sus palabras esta tarde. Nunca he estado con él personalmente.

- Está bien. Pero le voy a comunicar que el gobierno de Uganda, expulsará a todo extranjero que sea detenido en las convocatorias no autorizadas de Rushdie y, usted y su amigo, están en esa lista, por lo que le aconsejo que deje el país a la brevedad.

- ¿Puedo irme?

- Es usted un hombre libre. De gracias por eso, pues muchos no tienen ese privilegio.

- ¿Y mi amigo?

- Lo encontrará en la salida. Aconséjele que no se meta en problemas. Él parece ser más díscolo que usted.

- ¿Y Mukomo?

- Él permanecerá con nosotros, es ciudadano de este país, y debe atenerse a leyes estrictas sobre estos casos. Deberá enfrentar cargos de asociación ilícita, contestar muchas preguntas y pagar una multa antes de salir en libertad.

Mientras tomaba mis cosas para salir y revisaba que todo estuviera en orden, pensé en aquello de la libertad. ¿Podría sentirme realmente un hombre libre, gozaba de ese privilegio o solo era un espejismo que nos vendían a cambio de nuestra pasividad?... Unas palabras de Wallcott me detuvieron un segundo, atormentándome:

- Tiene usted una hija preciosa. Es lo único que realmente vale la pena preservar. Solo de ellos deberíamos preocuparnos.

- ¿Cómo sabe de ella?

- Vi una foto que tiene entre sus pertenencias. Se ve una niña feliz. ¿Supongo que está con su madre en Chile?

Imágenes terribles cruzaron por mi mente como en una película. Pude ver las garras de la CIA arrebatándome lo más preciado. Tuve miedo. Wallcott lo percibió en mi rostro.

- Vaya en paz. Me han dicho que Chile es un lindo lugar para vivir, a pesar de los terremotos y los volcanes. Tome mi consejo, haga su reportaje con lo que tiene y vuélvase allá cuanto antes.

A la salida me encontré con el Lopo. Me esperaba fumando un cigarrillo, apoyado en la pared del edificio, en la quietud de la madrugada. Eran casi las tres, no hacía frío, pero la oscuridad y la experiencia de estar detenido, provocaban que ambos estuviéramos temblando. Me miró con cierto nerviosismo y me ofreció una piteada.

- Necesitamos irnos lo antes posible de Uganda. Nos estarán vigilando hasta que traspasemos la frontera y quizá nos sigan vigilando, hasta que contactemos al maestro.

- Sí, tienes razón, pero creo que no debemos irnos con los de *Greenpeace*. Los involucraríamos de más. Debemos contactarnos con Francesca y Mikael y decirles que cada uno llegue al Cairo por su cuenta, que nos encontremos allá en algún lugar determinado.

- Yo sé cómo contactar a Mikael. No te preocupes. ¿Y el maestro?... ¿qué te dijo?...

- Pero si no lo encontramos.

- Él te habló, lo sé. De alguna manera te puso sobre aviso de lo que sucedería.

- Es cierto. Me dijo que no se aparecería porque era una trampa. ¿Crees que Mukomo tuvo algo que ver?...

- Puede ser. Quizá por eso se mostró tan solicito e interesado en ayudarnos y llevarnos donde quisiéramos. A propósito ¿y qué paso con él?... su taxi está ahí estacionado.

- Me dijeron que como ciudadano de este país no saldría esta noche, que debía contestar muchas más preguntas y atenerse a las consecuencias.

- Uumm, puede ser, pero creo que él nos delató con lo del encuentro en las tumbas.

Tuvimos que caminar como veinte cuadras desde el centro a nuestro hotel. En las calles no había ni un alma. Nos mantuvimos un largo rato en silencio, cada uno meditando en sus cosas, en sus afectos. Yo pensaba en Natalia. Wallcott me había hecho sentir tan vulnerable.

- Lopo, debo contactarme con mi hija apenas llegue, no he hablado con ella desde hace tres días.

- Es increíble como valoramos a las personas queridas cuando estamos lejos de ellas.

- Si, sobre todo cuando las defraudamos o las dejamos desprotegidas.

Cerca de las cuatro de la mañana, llegamos al hotel. Estábamos muy cansados. Yo traté de contactarme por *Skype* con Natalia, pero no fue posible. Le mandé un correo electrónico diciéndole que la amaba mucho, que la extrañaba y que trataría de estar lo antes posible en Chile. Le prometí llamarla apenas pudiera. Leopoldo hablaba con Mikael en un perfecto alemán, diciéndole lo que había sucedido y poniéndose de acuerdo en donde encontrarnos en Egipto.

- Dominas bien el alemán.

- Si hay algo de práctico en haber sido sacerdote misionero es que aprendes muchos idiomas diferentes.

No supe cómo, en medio de las preocupaciones y temiendo desvelarme, tendido en la cama, caí en un profundo sueño.

Por la mañana, todo tenía otro color. La luz de un sol poderoso ingresaba por la ventana para caer justo sobre mi rostro. Desperté repuesto, sobre todo luego de escuchar la señal milagrosa en mi computador. Natalia estaba conectada por *Skype* pidiéndome se atendida. Apreté la tecla de *enter* sobre el icono adecuado y pude ver su carita feliz y escuchar su emocionada voz.

- ¡¡¡Papá!!!... ¿cómo estás?... al fin contestas. ¿Dónde estás?

- Hola, mi niña, estoy bien, en Uganda, pronto a partir para Egipto.

- Pero por qué te fuiste tan lejos y casi sin avisar.

- Nati, tú sabes que mi trabajo es así, debo partir donde está la noticia y cuando me mandan, sin chistar.

- Sí, pero es primera vez que te vas tan lejos y sin despedirte.

- Es que como estabas de viaje no tenía como hacerlo.

- Me quedé muy triste cuando venía llegando. Quería contarte todo, mostrarte las fotos que saqué, y cuando te llamé apenas pudimos hablar y se cortó.

- Yo también tenía ganas de verte, pero pronto voy a estar por allá.- dije sin tener ninguna certeza.

- ¿Cuándo?...

- Apenas termine el reportaje. ¿Cómo está tu mamá?...

- Bien, te manda saludos y dice que debes estar aquí para navidad, que recuerdes que te toca estar conmigo.

- Si, ya lo sé. Voy a estar antes, dile que no se preocupe.

- Papá... te quiero mucho. Cuídate.

- Tú también, linda.

La imagen quedó congelada por unos instantes, *pixelada*, y luego se movía lenta, hasta que Natalia cortó. Hablar con ella me revitalizó. Me percaté que el Lopo no estaba en su cama, ni tampoco en el baño como supuse. Me duché y luego sentí como él entraba a la habitación.

- Daniel, apúrate, conseguí pasajes para el Cairo. Debemos estar en el aeropuerto en media hora más... ah, y tú debes pagar allá. Yo no tengo nada de dinero.

No estaba seguro como iba a respaldar los gastos de un invitado como el Lopo. Más que mal, solo era mi contacto en Kenya para llegar a Uganda, pero no estaba considerado que fuera mi secretario personal. Sabía en todo caso que era de gran ayuda.

- ¿En qué quedaste anoche con Mikael?...

- Dijo que no nos preocupáramos. Que nos encontráramos mañana a mediodía, en las afueras del Café Fishawi, en el Gran Bazar Khan al-Khalili.

En el aeropuerto de Kampala, sentí la presencia de Al Habi y voces en mi interior me advertían de malas vibraciones. Luego de comprar los boletos, de hacer los trámites de embarque y de tomarnos unos cafés cargados, vimos venir hacia nuestra mesa a Thomas C. Wallcott, acompañado de dos hombres de la agencia.

- Veo que tomaron a bien mi consejo. Se van rápido... ¿pudo concluir su trabajo, Sr. Mori?

- No como hubiese querido, pero haré lo que pueda con lo que tengo.

- Sin embargo, no se van a Chile ni a Kenya, de donde vinieron.

- No, tenemos otros lugares que visitar, lugares sagrados para mi reportaje, recuerda, lugares sagrados de África.

- Ah, claro, en Egipto están las pirámides.

- Sí, pero las pirámides más que lugares sagrados son monumentos mortuorios.

- ¿Entonces será otro el atractivo?

- Puede ser.

- Les recuerdo señores, que Al Habi Rushdie es un fanático religioso que está siendo buscado por todos lados, por muchos gobiernos, y que no es saludable estar cerca de él.

- Sí, puede ser, pero es una noticia de interés, si tantos están tan preocupados por él. Y yo soy periodista.- dije casi creyéndome eso del cuarto poder.

- Está bien, no los retengo más, su avión está por partir. Por lo demás, son hombres libres de hacer lo que quieran con sus vidas.

Nos fuimos de Kampala con la sensación de haber dejado muchos cabos sueltos. De Mukomo, por ejemplo, no supimos nada, ni quisimos preguntar.

Capítulo VII: El punto cero.
El Cairo, Egipto, 8 de diciembre de 2012.

Los caminos recorridos no siempre son como los soñamos. Muchas veces mis fantasías viajeras iban con las corrientes del Nilo, surcando el desierto con su herida verde, en busca de los lugares misteriosos de esa civilización grandiosa de los faraones. Siempre pensé llegar al Cairo navegando por las aguas, con esa imagen realentada de las películas viejas, pero no fue así. Llegué rápido por aire, en las alas trágicas de la *Egyptair*. La historia de la aerolínea contaba con varios desastres y secuestros con bombas, propias de una zona en permanente conflicto. Y aunque Egipto tenía una economía próspera y era considerada una de las naciones más estables del medio oriente, todo su desarrollo aún estaba empañado con las manchas del terrorismo. El mundo árabe no le perdonaba a la nación del Nilo su simpatía por Israel.

Del aeropuerto, también de forma rápida, como el vuelo, nos fuimos a un hotel cómodo del centro. Esta vez quería estar conectado con Chile y la posibilidad de *Wi-Fi* no era prescindible. Fue por eso que apenas pude prender mi computador personal, el *Skype* se activó con una llamada de Ernesto. Esta vez la señal era fuerte y clara.

- ¡Al fin te encuentro Daniel!... Creí que te habías perdido con una negra en el centro del África, como el buen Lopo.

- No hables mal de mí, que te estoy escuchando, amigo.- se hizo sentir el aludido en la habitación.

- Baah, y ¿qué haces ahí?... ¿te interesó el reportaje del profeta loco?...

- No, Ernesto, El Lopo sabe mucho más de lo que pudimos suponer de nuestro personaje. De hecho lo conoce y creí adecuado que me acompañara para poder conseguir una entrevista exclusiva.

- Vaya, Mori. Parece que tienes intensión de ganarte el *Pulitzer* con este reportaje.

- Algo así.

- Bueno, me alegro de que te esté ayudando, pero los gastos deberás justificarlos con un buen trabajo. ¿Y qué novedades me tienes?...

- Mira, las cosas no están fáciles. Hay bastantes interesados en atrapar a Al Habi. Tuvimos problemas con agentes de la CIA en Uganda y nos convidaron a salir del país.

- ¡Uuy!, eso está peligroso, más condimento para la noticia. Pero... ¿viste al hombre?... ¿escuchaste sus oratorias?... ¿pudiste hablar con él?...

- Todo eso lo sabrás cuando tengas mi *pen drive* sobre tu escritorio.

- ¡Aah!... ya veo. Quieres un velo de misterio.

- Puede ser. Y de llapa, te voy a llevar una historia increíble, la de tu amigo y su trasformación en un hombre enamorado.

- ¡Epa!... ¿y qué dice el hombre santo?...

- ...Que Daniel está celoso y me envidia.

La conversación nos relajó. Nos hacía falta un poco de broma y Ernesto sabía hacer su trabajo, pero rápido me volvió a lo urgente.

- Bueno, no les quito más tiempo, recuerda que el límite para volver a Chile y dejar el reportaje en mi despacho es de diez días y ya van cuatro.

- No te preocupes, nunca te he defraudado. Por lo demás quiero volver luego, ansío ver a Natalia.

Cuando decía aquel deseo, pude ver que el icono de "conectado" que estaba al lado del nombre de mi hija, por lo que apresuré a cortar con Ernesto.

- No quiero excusas Daniel. Tienes menos de una semana para volver.

- Así será.

Natalia lloraba. Hablaba entrecortado.

- Papá, no quiero seguir aquí... mi mamá no me entiende, solo se preocupa de Adolfo. Quiero que vuelvas...

- Vamos, mi niña... no estés triste, pronto voy a estar allá. Tu madre te quiere mucho y hace las cosas por tu bien.

- ...pero es que no me deja hacer nada, cree que soy una niña chica.

- bueno, tampoco eres tan grande.

- ¡Papá!... pensé que estabas de mi lado.

- Estoy de tu lado, pero hay cosas en que tu mamá tiene la razón... ya lo conversaremos cuando llegue y llegaremos a un acuerdo para convencer a Luciana de que te deje crecer, pero todos los padres queremos que nuestras hijas se queden chicas, junto a uno. Es nuestro defecto.

- Bueno, cuando sea grande, yo me voy a quedar siempre junto a ti para cuidarte. Vuelve pronto.

Cuando dejé de hablar con ella, el Lopo me trajo rápido a la tierra.

- Debemos ir al mercado.

- Sí, hay mucho que hacer y estoy seguro que Al Habi Rushdie nos contactará luego.

El Gran Bazar Khan Al- Khalili es una experiencia única, aún para aquellos como yo que no nos atrae comprar, por esa sensación altanera de que no necesitamos nada. Sin embargo, en esos recovecos del comercio y el regateo, no pude abstraerme de comprarle un regalito a Natalia, pero no fue fácil, porque los ojos se van con los objetos, con los personajes pintorescos y "transculturales" que compran y venden, o que simplemente, como rebaños, caminan apretujadas por las callecitas laberínticas del mercado, sin que puedas concentrarte en un punto determinado, y cuando lo haces, te acosa el vendedor con miles de palabras y gestos que no entiendes, y que solo producen angustia.

Así y todo, conseguí una pequeña figura de *Cleopatra* atrapada en una pirámide transparente de resina. No sé realmente por qué pensé que era para ella.

Mientras caminábamos, el Lopo permanecía alerta, mirando en todas direcciones y atento a la hora, ya nos acercábamos al mediodía y no sabíamos muy bien en qué lugar estaba el Café Fishawi. Debo reconocer que quería volver a ver a Francesca y, que también, estaba ansioso por encontrarme, cara a cara, con Al Habi.

- Me dicen que es por ese callejón.

- ¿Crees que estarán?

- Ellos son un grupo muy organizado, no dejan nada al azar y te aseguro que debe haber varios haciendo guardia. A ellos también los siguen, ya que no son bienvenidos en casi ningún lugar que tenga conflictos con el tema medio ambiental, y Egipto no es la excepción.

- ¿Y qué quieren del maestro?... ¿cuál es su interés en seguirlo?...

- Obviamente tienen un objetivo común con respecto al cuidado del planeta, a su conservación en estado natural. El maestro cree en los lugares sagrados y sus prédicas apuntan a que los llamados, los privilegiados, deben dirigirse a ellos.

- Mira, Lopo, al final de esa callejuela... ahí parece ser.

- Sí, efectivamente.

- "...Anda donde te lleve el corazón, no tengas miedo si tu alma te guía, mira con los ojos de la esperanza, mira con los ojos del amor."- dijo una voz en mi mente.

- ¿Al Habi?... ¿maestro?...- dije al aire, entre balbuceos.

- ¿Qué pasa, Daniel?...- me interrogó el Lopo

- Nada, es por allá.- dije apresurando la marcha hacia un claro de luz en medio de telas colgadas, tapices arrumbados y un sin fin de objetos que atestaban un rincón, antes de salir del bazar por un arco de medio punto.

En una mesita exterior, a vista de todos, rodeados de una veintena de turistas, lo que me pareció poco seguro, Francesca, Mikael y otro hombre, tomaban un té helado. Nos acercamos por la espalda de ella, mientras Mikael nos reconocía.

- Justo a tiempo, amigos.- nos dijo en un italiano duro.

- Sí, pensamos que no llegaríamos, estábamos medio perdidos en el mercado.- dijo el Lopo.

Francesca giró el rostro y me encontré con sus ojos gatunos, que me estremecieron, hasta que mostró una leve sonrisa.

- Hola, chileno…- me dijo.-...que bueno volverte a ver.

- Les presento a Rodrigo, más conocido como "el andaluz". El es de la familia aquí en medio oriente.

La familia era una de las chapas de la organización. No hablaban de *Greenpeace* cuando querían pasar desapercibidos, me explicaron después.

- El es Daniel, y el Lopo, dos amigos tras el maestro.

- Así que andáis detrás del hombre más buscado por estos días.

- ¿Lo has visto?....- preguntó el Lopo.

- No ha aparecido aún por este lugar. Dicen algunos de sus seguidores que lo hará esta tarde, con la puesta del sol, en la pirámide de Keops.

Yo estaba nervioso. No me parecía hablar del asunto en público, pero Francesca me hizo un guiño.

- Nadie sospechará de nosotros aquí. Por eso nos comportamos como un grupo de turistas. Ríete de vez en cuando, coquetéame mientras hablamos, dijo tomándome la mano. No dudes en que hay gente observándonos. Los socios de tu amigo Wallcott, perros sabuesos de Scotland Yard, el *Mossad*... todos están esperando un paso en falso de Rushdie.

- Pero ¿por qué tiene tanta importancia este hombre?

- Porque no es un hombre común, hay muchos secretos tras de él.

- ¿A cuántas predicas habéis asistido?- preguntó el andaluz.

- Solo a una.

- ¡Solo una!... ¿Y qué buscáis?

- Soy periodista. Busco la verdad.

- ¡¡¡La verdad!!!... ¡qué gran palabra!... ¿la verdad de los atentados a las torres gemelas?... ¿la verdad de la invasión de la red y su trampa del mundo globalizado?... ¿la verdad de la ira de la madre tierra?...

- No te pongas así, Rodrigo. El chileno es como un niño curioso.- interfirió Mikael.

- ¿Y por qué perdemos el tiempo con él?

- Porque es un elegido.- dijo con voz suave y mirada penetrante, la italiana.

El Lopo me miró. Yo permanecí callado.

- ¿Acaso el maestro le habló?

- ¿Qué sabes tú?- interrogó Mikael.

- Lo supe la otra noche, en Uganda. Lo supe porque la CIA lo interrogó y lo dejó ir. Seguro lo están utilizando para llegar a él.

- Es cierto. Me siguen y Al Habi lo sabe. Así me lo hizo saber en las tumbas donde me detuvieron.

- ¿Cómo que te lo hizo saber?...

- Me ha hablado dos veces de forma telepática, a distancia.

Todos se miraron y el Lopo sonrió.

- A mí me habló directamente y nunca nadie de ustedes me han indicado como el elegido.- argumentó.

- Sí, pero desde entonces no te ha vuelto a hablar, y eso te descarta.

Esta vez fui yo el que abrió los ojos para interrogar a mi guía.

- ¿Qué es esto del elegido?... ¿me estás usando para llegar a él?

- No te lo tomes así. Todos creemos en él, en su mensaje y queremos ayudarlo, pero de una u otra forma él nos evade. Tienes que interiorizarte en su mensaje, en sus palabras, y comprenderás mejor.

- Daniel, nosotros luchamos por preservar sus santuarios, por los naturales del mundo, por los aborígenes, por los animales. Él nos instruyó hace años ya.- argumentó la italiana.

De pronto, vimos aparecer un fantasma. Mukomo caminaba entre la multitud, lento, a los tumbos. Noté su mirada extraviada y le advertí de su presencia al Lopo.

- Mira quien está allá.

- No puede ser, ¿qué hace aquí?...

Un disparo surcó el aire. La gente se agachó instintiva, en medio de gritos tipo quejidos, mientras el cuerpo del ugandés se estremeció. Francesca se cayó hacia atrás con su silla, jalonada por Mikael. El andaluz saltó como un gato con los ojos fijos en un techo de un edificio cercano.

- Allá, mira...- gritó apuntando a una figura que se movía presurosa.

El Lopo fue en auxilio del negro. Yo lo seguí. Agonizaba y susurró unas palabras inconexas:

- Solo... no confíes... la noche tendrá una sola estrella...

- ¿De qué habla?...

- No sé.

Mikael me jaló de un brazo.

- Vamos Daniel, corremos peligro.

- No podemos dejarlo aquí... ¡llevémoslo a un hospital!

- Es una trampa, lo pusieron aquí como carnada humana para encontrarnos. No podemos hacer nada por él, ya está muerto.

Por la tarde, nos dirigíamos a la pirámide de Keops, siguiendo los rumores de su aparición. Silenciosos en el *jeep*, nadie comentó nada del asesinato. Era como si no hubiese ocurrido. Yo esperaba una señal, esperaba su voz en mi interior. Mikael conducía y el andaluz era su copiloto. Francesca estaba a mi derecha. El Lopo permanecía ensimismado.

- ¿Qué sabes de Al Habi?... ¿qué crees de él?...

- Creo que es el último profeta.

- ¿El último?...

- Nuestra tierra muere, Daniel. Si no tomamos conciencia y cambiamos de rumbo, pronto colapsará.

- ¿Él lo dice?...

- Él habla de la herida sangrante de la humanidad, de la injusticia. Él habla de salvación para unos pocos y de condena para el resto. Dice que se repite la historia de *Sodoma y Gomorra*, y que no debemos mirar hacia atrás.

Sus palabras me recordaron la prédica y nuevamente mi pensamiento se fue con Natalia.

- Sabes Francesca, tengo una hija en Chile, tiene la vida por delante, y no me gusta la idea del fin del mundo.

- A mí tampoco. Pero no sé si es el fin del mundo, yo creo que es el fin e nuestra civilización altanera y egocéntrica.

- Debo hablar con él. Debo saber de su boca lo que vendrá.

Cuando nos acercamos a las pirámides de *Giza*, nos dimos cuenta de que no sería fácil llegar. Los caminos tenían barricadas de carros policiales, controles de identidad, restricciones y un olorcillo a represión. Pero debíamos pasar.

- ¿Qué hacemos?... ¿alguien tiene alguna idea?...

- Debo bajar del *jeep*.- dije.

- ¿Pero cómo piensas llegar allá?- me interrogó Francesca.

- ¿Y qué pretendéis?... todos queremos ir, no nos vamos a quedar de brazos cruzados. No entendéis los alcances de esto...

No podía decirles que Al Habi me estaba indicando el camino y que me esperaba solamente a mí. Su voz suave y tranquila, me ordenó ir al Templo de *Menkaure*, ubicado al sur de las ruinas de las pirámides de *Giza*.

- Debo ir solo.

- Déjalo, andaluz, quizá sea buena estrategia para contactar a Al Habi. No podremos pasar todos, hay mucha vigilancia. Soy de la idea de seguir por el camino principal y dejarnos revisar como simples turistas, mientras Daniel hace lo que debe.

- Tú tenéis atracción por este "sudaca" y le crees todo. Yo no tengo tan claro que sea sincero con nosotros, solo quiere hacer su reportaje y no le interesa para nada nuestra causa.-

- Sí, yo le creo. Es más, estoy seguro que Al Habi lo guía.

- ¡No se hable más!... no tenemos tiempo. Daniel, baja aquí. Nosotros iremos a las pirámides principales y esperaremos. Recuerden que se supone que habrá una prédica.- ordenó Mikael.

- Suerte amigo.- me guiñó un ojo el Lopo, como intuyendo mi conexión con el maestro.

La italiana me miró con esperanza y ternura. Sentí que tenía una misión que era mucho más que una entrevista.

Caminé cerca de un kilómetro y medio por senderos de tierra, por huellas, que iban rodeando unas edificaciones menos importantes, aunque no menos sorprendentes, del conjunto de las pirámides de *Giza*. En el ínter tanto, vi alejarse el *jeep* por el camino principal hacia el noroeste, tras el sol de la tarde.

Capitulo VIII: el milagro de las tres reinas.

El templo de *Menkaure* no era algo de lo que hubiera sabido a lo largo de mi vida. No recuerdo tampoco haber escuchado de tres pequeñas pirámides en la parte sur del complejo de *Giza*, llamada de las tres reinas. Pero aquí estaba, bajo un cielo nocturno enrojecido por los últimos estertores del sol, que le daban a la luna una apariencia demoníaca. Sin embargo, no tenía miedo, estaba seguro que el encuentro iba a ser aquí y lo añoraba como si hubiera sido algo esperado por una eternidad. La tierra estaba caliente bajo mis pies, mas una brisa suave y fresca acariciaba mi cabellera. Podía ver la columnata del templo, desde mi posición, a pesar de la oscuridad, pero todo fue diferente cuando apareció Él. Al Habi Rushdie tenía la melena negra y rizada como un rabino joven, sin embargo, su atuendo no era negro, si no blanco, como un maestro hindú. La camisa ancha y suelta, sobre un pantalón "abombachado" de lino. Caminó hacia mí con una aureola resplandeciente a su alrededor. Casi levitaba y sus ojos permanecían directamente sobre los míos.

- Soy yo, Daniel, él que buscas.

- Usted me ha llamado.

- Pero tú tienes las preguntas... ¿qué necesitas saber?

Me quedé pasmado. No tenía un boceto preparado, ni ningún tema realmente que preguntar. La verdad supe que no iba ahí como un verdadero periodista, si no como un discípulo a escuchar a su maestro.

- ¿No hay nada que quieras saber?

- Tan solo quiero escuchar lo que usted tenga que decirme.

- Puedo decirte que no es casualidad que tú estés aquí ahora. Has sido elegido para recibir el mensaje. Yo soy sólo el mensajero.

- ¿Elegido yo?

- ¿No te lo habían dicho ya?

Recordé las palabras de Francesca y la discusión con Mikael y el andaluz.

- Pero es que yo no soy digno...

- No se trata de dignidad, ni de orgullo. Se trata de disposición. Tu corazón debe estar abierto, como tu mente y como tu cuerpo. Todo lo que yo te diga cambiará totalmente tu vida futura y la del mundo como lo conoces.

- ¿Pero qué puedo hacer yo?

- Nada es fácil, Daniel. Debes seguirme en mi trayecto y retratar lo que pase. Debes escribir mi palabra, que no es mía si no de quien me envía, y difundirla entre quienes tengan el alma dispuesta a recibirla.

- Si usted me lo pide, yo lo haré.

- ¿Me crees, Daniel, o piensas que soy un loco más?...

- ¿Lo es?

- Eres tú el que debe decidir, sin embargo, nada de lo que yo diga es nuevo. Todo ya ha sido dicho, pero no lo han escuchado y el tiempo se acaba.

- Pero ¿cuál es el mensaje?...

- Ya lo dijo *Zarathustra*, lo dijo Jesús, lo dijo Mahoma y Buda. Lo han dicho cientos de profetas y santos hombres, y han habido enviados... la luz de la vida está en tu interior, Dios está contigo... la verdad y la virtud son sus dones... y la sabiduría del amor nos hace eternos. Nada que no hayas escuchado.

- Y entonces ¿qué buscas con todo esto?

- Que despierten los que deben despertar del gran sueño de la inconciencia. Que se salven los puros de corazón y puedan volver a la presencia del Señor, del Salvador, de nuestro padre celestial.

- Al Habi, maestro, son ahora muy pocos los que siguen este mensaje, vivimos tiempos de poca fe y de individualismo. Nadie escucha estas palabras con el corazón abierto.

- Tú lo dijiste, son pocos, pero ellos deben ser salvados para recibir la gracia del nuevo mundo. El paraíso está aquí, no debemos dejarlo morir.

- Mis amigos quieren seguirte, quieren conocer tu mensaje.

- ¿Tus amigos?... mira con los ojos de tu corazón, ellos no te mentirán, pero no te fíes, afina tu intuición.

- Me han traído hasta aquí. Siguen tu mensaje y protegen los lugares sagrados...

- Yo los he traído. Han venido tras de ti. Pero no diré más, yo no vine a advertirte, cada uno debe ser capaz de ver y tú tienes el don... solamente quiero que veas lo que te rodea. Este templo, por ejemplo, de *Menkaure*, o *Micerino*, encierra la sabiduría de un elegido. Este faraón desapareció joven, su sarcófago fue descubierto vacío, lo dieron por extrañamente muerto, pero no fue así. Él fue salvado porque comprendió el secreto del amor y puso a su reina a su lado, a su altura, y se dejó apoyar por ella, creando una unidad perfecta. Ambos fueron salvados. Mira sus figuras y verás que lo que digo es cierto... ¿tienes una mujer que te ame?...

Sus palabras calaron hondo y no supe que responder.

- Nada es más importante que el reflejo de Dios en un otro que nos ame. Tienes una hija ¿no?...

- Sí, Natalia me ama.

- Pero esa es otra forma de amor. No menos importante en la sabiduría que debes aprender.

- ¿Qué pasará ahora?...

- Nada, quiero que mañana visites la gran pirámide de Keops, a la hora de los turistas, con tus amigos si quieres. Yo voy a hablar allá y tú serás testigo de lo que pase.

De pronto no estaba. No había luz y me sentí confundido. Caminé errante un buen rato por las ruinas, hasta llegar a tres pirámides semi destruidas, cercanas a la pirámide pequeña de *Micerino*. Nada era casualidad.

Pude ver una pequeña fogata a unos metros, tres mujeres de edades diferentes estaban a su alrededor y una de ellas, la del medio, revolvía una olla de la cual salía un olor exquisito. Eso me hizo recordar por segunda vez en mi viaje, que tenía hambre y no había comido. La mujer mayor, ya anciana contaba un cuento a la pequeña, que parecía ser su nieta. Las tres vestían de luto. Cuando me acerqué, me miraron sin dejar de hacer lo que hacían. Yo permanecí en silencio, observándolas. La más vieja, según fui escuchando, contaba una historia acerca de un rey de la antigüedad.

- "...que había sido amado por su madre como el más maravilloso hijo, porque desde su niñez mostró que era capaz de ver en los corazones de la gente, y que había aprendido rápidamente la sabiduría del amor, tolerante, respetuoso, abnegado, cariñoso y, por sobre todo, generoso. El joven príncipe, antes de ser rey, ya era querido por su pueblo, y decidió no asumir su trono sin antes ser un siervo del hombre más pobre y necesitado que encontrara. Solo después de haberlo aseado y atendido durante un año, y haberle entregado todo su conocimiento práctico de la vida, logrando que el hombre ya no fuera pobre si no educado, con un trabajo digno, había decidido que era hora de tomar el reinado y hacer de su pueblo, un ejemplo de civilización de amor. El rey decidió que necesitaba una reina y buscaría la mujer que más lo amara, sin importar su condición, para lo cual se fue a otro reino, como un simple carpintero y se instaló a hacer su trabajo. Reparaba toda clase de muebles e inmuebles, hacía artesanía, y fue así como conoció a una joven aldeana que trabajaba cuidando enfermos y viejos. Aprendió de ella a tratar a los angustiados con esencias florales y a extraer de la naturaleza todo su poder, el poder del agua de los manantiales, el de los rayos del sol de la mañana, el poder de las piedras calientes y de los conjuros blancos de las hierbas. Se casaron y volvieron al reino. Tuvieron una hija, que quisieron con toda su energía purificadora, y criaron bajo las enseñanzas de Dios, pero sucedió que tanta perfección en aquel rey, hizo nacer la envidia de algunos de sus cortesanos, especialmente algunos de su familiares, que sentían que este rey bueno estaba traicionando su casta superior. El odio por sus decisiones justas, por su desprendimiento que estaba empobreciendo las arcas del tesoro real, y por su consideración del más pequeño e insignificante súbdito, hizo que conspiraran contra él, y lo matarán, enterrándolo vivo en un sarcófago que fue arrojado al mar, llenos de piedras..."

La mujer que revolvía la olla, me invitó a beber de su sopa.

- Venga hombre, hace frío, comparta con nosotras.
- ¿Ustedes viven por aquí?

- Se podría decir que si, éste es nuestro lugar.

- ¿Hay una aldea cerca?

- Nuestra casa está cerca. ¿Y usted es extranjero?

- Si, soy de Chile.

- Nunca había oído hablar de ese pueblo.

- ¿Hay muchos niños allá?- preguntó la niña.

- Sí, claro.

- Me gustaría ir, aquí no hay con quien jugar.

- ¿No vas a la escuela?

- No me dejan salir.

- Es muy peligroso.- acotó la anciana.

- ¿Y qué hacen acá?

- Velamos a nuestro hombre. Mi hijo, que es su esposo y es su padre, ha muerto hace un tiempo, pero ahora va a resucitar.

- ¡¡¿Qué dicen?!!...

- El maestro lo hará.

Al Habi apareció nuevamente, pero su aspecto era más viejo. Se dirigió hacia las mujeres sin mirarme. Se paró frente a ellas y les dijo.

- Ya es hora. Vuestro hombre ha vencido a la muerte y ha sobrevivido a sus asesinos. Ninguno de ellos ya existe, pero él, resurge de la oscuridad y viene a buscarlas. Todos irán al reino eterno.

Las tres mujeres resplandecieron y su ropaje oscuro y roto, cambió en tenidas de luz. Sus rostros rejuvenecieron y sucedió que un hombre vino a ellas con más luminosidad aún. Se abrazaron y todos se elevaron al cielo, perdiéndose en las alturas. Me quedé solo, sin saber si era un sueño o no.

De pronto, luces potentes se abalanzaban sobre mí, estaba de nuevo en el camino y el *jeep* venía de regreso, frenando de improviso, casi a punto de arrollarme.

- ¿Qué haces ahí parado en la oscuridad?... ¡¡pudimos matarte!!

- No sé... ni sé cómo llegué aquí de vuelta.

- Ya pasaron como tres horas y no supimos nada del maestro, ni de ti... ¿cómo te fue?

- Luego les cuento, necesito descansar, mañana lo veremos.

Capítulo IX: La luz de Dios.

El sacerdote indicado para tal misión tenía aún la juventud suficiente como para creer en la fuerza de Dios con la ingenuidad del cordero. El padre Gian Luca Di Sostri había ingresado hace poco tiempo en el departamento de asuntos religiosos del Vaticano, un departamento pequeño dedicado a la investigación preliminar de casos de presuntos milagros. Debía reunir toda la información posible para que otros sacerdotes con más experiencia analizaran el caso. En este en particular, Di Sostri, trabajaba para el padre Rudolph Mac Corney, alguna vez, asesor directo del Santo Padre Juan Pablo II. Entre ambos debían seguir la aparición de Al Habi Rushdie, a quien la Iglesia consideraba un ilusionista de la fe, debido a su conocimiento de las escrituras, a su manejo mediático, y a "algunos hechos mágicos" que podían aparecer como milagros ante los ojos de la masa.

Sin embargo, Di Sostri, tenía otras razones para interesarse aún más en el caso. Rushdie no le era desconocido...

El padre Mac Corney, tenía esa mezcla de severidad y dureza de carácter, por un lado, y de pasión, de alegría, por la vida, propia de un escocés. Tenía ya setenta años, pero su apariencia era vital, y su espíritu buscaba con fervor la presencia de Dios en los actos de los hombres santos, pero era también un viejo zorro, que sabía distinguir entre el verdadero hombre de Dios o el charlatán.

A ambos, les intrigaba este personaje misterioso, que no decía nada contrario al dogma, que tenía manejo, no solo de la religión católica cristiana, si no de muchas otras religiones, y que ponía énfasis en las concordancias de estas, más que en sus diferencias, con una gran capacidad de integrar conceptos de forma convincente. La gente quería escuchar eso de la divinidad, un mensaje de salvación para los que se lo merecían y de condena para los pecadores compulsivos de nuestra época actual. No dejaba espacio para las medias tintas ni las ambigüedades y ya no hablaba del perdón, pues el tiempo se nos había acabado y ahora era la hora del juicio.

Di Sostri entró al despacho con ansiedad.

- Padre Gian Luca, buen día, ha llegado el momento del encuentro.

- ¿Debo partir ya?

- Hoy mismo en la tarde, debe ir al Cairo. Rushdie ha dado señales de que aparecerá para una de sus prédicas y dicen que gente de todo el país irá a recibir su energía sanadora. Además, está hecho el contacto para que entrevistes a Yhazira Amhazi, una joven a la que le fue devuelta la vista, y se le sanó de un tumor en la cabeza. Todo el reporte médico de su historial anterior y posterior al hecho, está en esta carpeta. Sus padres también están dispuestos a las pruebas psicológicas que hará el doctor Schaffer, él también irá con usted. Quiero un reporte en tres días más aquí, en mi oficina. El Santo Padre está atento al asunto y quiere que lo mantengamos al tanto.

- Padre Mac Corney, tengo otro antecedente respecto al asunto. Ayer hubo una balacera en el Gran Bazar del Cairo, en el cual murió un ciudadano ugandés. Me informaron que el Mossad y Scotland Yard, tienen antecedentes que un grupo terrorista planea un atentado contra Al Habi Rushdie, aunque ellos creen que podría ser contra una autoridad local y que están usando el asunto para otros fines.

- Pero es un tema que no nos incumbe, es de carácter policial.

- Sí, pero hay un detalle: el hombre asesinado apareció caminando nuevamente hoy en las pirámides de Giza, hablando de la venida del Mesías y de la prédica de su mensajero, Al Habi.

- Pero no hay certeza de la muerte del ugandés. Puede ser un montaje.

- Sí, estoy de acuerdo, debemos ser cuidadosos, pero creo que sería bueno ponerle un ojo a eso también. Quizá pueda encontrar al africano y conversar con él.

- Hay también otro asunto. Los padres de Rushdie han aceptado hablar con usted, después de mucho tiempo de silencio, desde la desaparición del niño Al Habi. Dicen que tienen algo importante que decirnos, pero solo a algún representante directo del Vaticano. El Cardenal De Souza me ha informado que confían en usted para recibir esa información y canalizarla en su reporte.

- Veo que las cosas están cayendo por su propio peso, después de tanto tiempo.

- Di Sostri, recuerde que yo llevó siguiendo bastante tiempo ese caso. El niño Al Habi, antes de desaparecer ya hizo dos posibles milagros que aún están en análisis y que no hemos podido aclarar. Los sanados no han querido cooperar, diciendo que no es necesario ver para creer, y que ellos fueron sanados solo por un acto de amor, bajo la condición de no vanagloriarse del mismo, ni de divulgarlo mayormente.

- Pero parece, por los acontecimientos recientes, que es tiempo de mostrar los hechos, al menos Rushdie, ha buscado penetrar en los medios e incomodar a los altos poderes, tanto religiosos como gubernamentales.

- Padre Di Sostri, no se deje llevar por la vorágine, mire con calma y deje a su intelecto, ver la verdad. Todos queremos creer, pero no ser embaucados.

- No se preocupe, me mantendré alerta.

El citófono sonó, la voz del secretario anunciaba otra visita.

- Padre Mac Corney, llegó un asesor del Cardenal de Souza, el Señor Sebu Afterbell, lo tenía anotado en su agenda para esta hora.

- Ah, sí, por supuesto, dile que pase.- asintió, mientras comentaba a Di Sostri:

- Es un intelectual esotérico que nos ayuda con algunos temas relacionados con éste y otros casos. Quiero que lo conozcas. Es un hombre misterioso.

El hombre entró al despacho con un andar lento debido a una cojera que lo obligaba a usar bastón. Su altura y corpulencia, además de su cabellera cana y de su barba, le daban la apariencia de una eminencia.

- Padre Mac Corney, tiempo sin verlo.

- Doctor Afterbell, ¿Cómo está?... le presento a mi discípulo y protegido en estos asuntos, el padre Gian Luca Di Sostri.

- Un gusto.

- Él parte ahora hacia Egipto tras los pasos de Al Habi Rushdie.

- ¡Oh, qué envidia!... va a conocer al hombre que mezcla todas las creencias y que nos tiene de cabeza descifrando sus mensajes.

- ¿A qué se refiere?

- Ah, por cierto, no te había dicho que tenemos al Sr. Afterbell descifrando sus palabras. Ha encontrado muchas claves en su discurso que nos tienen intrigados.

- Es que en cierto modo, este hombre sabe mucho y sabe enredar las cosas con su discurso.- añadió Sebu Afterbell.

- Sí, y apenas vuelvas confrontaremos lo que tú nos traigas con lo que nosotros hemos analizado para poder decidir. Si sus palabras y mensajes se entremezclan con milagros, podríamos estar en presencia de un extraño profeta, o de un particular santo.

- Bueno, padre, tengo que marcharme, el vuelo sale en unas horas y debo arreglar algunas cosas protocolares. Fue un gusto conocerlo, señor, ya nos veremos seguramente para discutir este caso.

- Seguro que sí, padre Di Sostri. Y un consejo, sea como Santo Tomás, "ver para creer", el lema de los investigadores religiosos.

- Sí, claro, pero para mí es mejor el de "por las obras los conoceréis".

- Hasta pronto, padre Mac Corney.

- Vaya con Dios.

Capítulo X: Los desconocidos.

Era la mañana del 10 de diciembre, el sol desenvainó toda su fuerza por la ventana de nuestra habitación del hotel. El Lopo hablaba por teléfono con Mika. Yo estaba realmente cansado, mis pies tenían llagas, y solo entonces recordé el arduo día anterior. Mis músculos se resistían a levantarse y, en un abrir y cerrar de ojos, recordé algo de un sueño reciente, en él Francesca tenía un lugar importante, un beso perdido, una mirada cómplice.

- Levántate, hombre, tenemos cosas que hacer... te tengo una sorpresa. Mikael y Francesca nos invitan a una reunión especial.

- ¿Qué cosa?

- Algo muy importante para la causa y para tu reportaje. Los padres de Al Habi accedieron a hablar con nosotros.

- ¿Cómo es eso?... según mis informaciones nunca han querido hablar de su hijo, desde que lo dieron por perdido.

- Sí, así ha sido. Pero hace unas semanas Mikael los contactó para decirles que Al Habi quería verlos.

- ¿Es eso verdad?...

- No, pero dio resultado.

- ¡Lopo!... eso es una infamia, no se puede jugar con los sentimientos de sus padres. Tú, un hombre de fe... ¿avalas esto?

- Yo solo te estoy comunicando algo. No tengo nada que ver con ello. No pertenezco a *Greenpeace*.

- Sí, pero creo que sabes más de lo que me has dicho, tanto de Al Habi como de los demás. Algo me ocultas... ¿no sería bueno que me dijeras toda la verdad?

- Daniel, yo fui contactado por tu jefe para ayudarte con esto, él sabía que yo conocí al maestro, y tengo interés en encontrarlo, pues creo en su causa.

- Eso ya lo sé... pero ¿hay más, verdad?

- Daniel, hay cosas que no puedo decirte. Es lo mejor para ti. Todos tenemos nuestros intereses en el asunto, los de *Greenpeace* los tienen, tú los tienes y yo también. Pero corremos peligro, hay cosas turbias en este asunto, que son más grandes de lo que puedes pensar. Hay gobiernos importantes involucrados. Ya viste lo que le pasó a Mukomo.

- Quizá tengas razón y no quiera saber más de lo que me incumbe. Terminaré el reportaje y volveré a estar cerca de mi hija, que finalmente es lo único bueno que me queda.

Quince minutos después estábamos en el *jeep* camino a un sector al sur del Cairo, Al Jizah, al lado oeste de la rivera del Nilo. En medio de un sector dominado por edificios relativamente nuevos, aún había casas pequeñas y de aspecto más deteriorado, por la decadencia. Pero aunque modestos, los padres de Al Habi, tenían su orgullo. Ahmed Rushdie era un profesor básico retirado, de unos 65 años, pero con marcas en la cara que denotaban una vida triste. Su mujer de similar edad, se esmeró en atendernos con la esperanza de saber algo de su hijo perdido. Nos hicieron entrar en su hogar con pudor. Mikael y el andaluz se quedaron en el *jeep*.

Francesca se mostró cálida con la mujer, entendiendo su dolor. El Lopo y Yo, nos sentamos en una terracita interior a charlar con Ahmed, en un rudimentario inglés.

- ¿Qué saben del que dicen es mi hijo?

- Es un hombre especial, un profeta.- dijo el Lopo.

- De niño era especial, pero ya no existe. Este hombre no puede ser mi hijo. Él habría venido a vernos.

- Don Ahmed, él tiene una misión importante en este mundo. Es un enviado de Dios.- insistió el Lopo.

- No es verdad. Han venido muchos, de muchas partes del mundo, a buscar a este hombre aquí. Nos han observado por años, para ver si lo ocultamos, hasta que se aburrieron.

- Quizá por eso no ha venido, para no involucrarlos.

Ahmed me miró.

- Pero pudo comunicarse de alguna manera, alguna vez. Mi mujer solo ha sobrevivido por la esperanza que yo ya perdí. A mi hijo se lo llevaron...

- ¿Quién?... ¿cómo?...

- Yo era profesor y desde que él era muy niño quise enseñarle bien, pero él ya sabía muchas cosas, extrañas cosas. Leía en otros idiomas, lecturas bíblicas principalmente, astronomía, ciencias ocultas, libros extraños que yo había heredado de mi padre. Le interesaban particularmente los libros de indígenas americanos, de tribus africanas y de Oceanía, de la Polinesia. Mi padre fue un amante erudito de la antropología y tenía todo eso, pero Al Habi tenía tres años y nunca lo conoció, pues él murió joven. Vinieron algunos hombres a conocerlo, científicos y teólogos, y algunos del gobierno. Estoy seguro que ellos tuvieron que ver con su desaparición.

- Y no acudió a ellos cuando ocurrió.

- Todos negaron tener alguna relación con el hecho. Me cerraron puertas y la policía dice haber hecho todos los esfuerzos necesarios para su búsqueda, pero yo sé que no fue así.

- ¿Cómo lo sabe?

- Hay un hombre, un antropólogo discípulo de mi padre, Samir Hassan, me visitó un día para tranquilizarme según él. Me dijo que Al Habi estaba bien, que vivía en la India con un maestro tibetano, que lo estaba preparando para un viaje místico. Y que él no iba a volver, que estaba destinado. Después de unos años, me escribió una carta en la que me comunicaba, que Al Habi predicaba a las tribus maoríes en Australia, y que había hecho lo mismo con los zulúes en África, y en zonas apartadas de América del Sur y de China. Pero lo curioso, es que me dijo que la CIA y el Mossad Judío, le seguían los pasos y que corría peligro.

- ¿Qué cree usted que pasó con su hijo?

- No sé... ¿pero ustedes me traen noticias de él?... ¿no es cierto?

El Lopo me miró. Yo no quise desilusionarlo.

- Su hijo se comunicó conmigo. Está bien y es verdad, tiene una misión importante que hacer. Pero me pidió que les dijera que los ama y que pronto volverá.

- Pero porque después de tantos años...

- Porque su misión está a punto de terminar.

El brillo de sus ojos me produjo un profundo dolor de estómago. Mentí y les estaba dando esperanzas muertas al hombre y su mujer, con la certeza absoluta de que Al Habi no tenía tiempo para un reencuentro.

- "Dile que la estrella caerá del cielo...".- la voz del maestro me dijo. Y yo repetí obediente, mientras el Lopo me miraba como si hubiese visto un fantasma.

- ¡¡¡Es su voz!!!...- exclamó al oírme pronunciar esas palabras.

- ¿Hijo?... ¡¡¡no puede ser!!!

- ¡¿Qué pasa, Ahmed?!... interrogó el Lopo.

- Es que... esa historia de la estrella que caerá... mi niño la contaba antes de desaparecer.

- "Padre, soy yo, no temas, pronto volveré a ustedes".- dije con la voz que no era mía.

- Al Habi, hijo mío... habla con tu madre.

Francesca escuchó que algo pasaba desde dentro de la casa y vino con la mujer.

- ¡¡¡¿Qué pasa?!!!

- ¡Es Al Habi!... habla a través de este hombre.

- "Madre, no temas, viene tiempos mejores y pronto me verás".

La mujer cayó de rodillas a mis pies, pero la voz ya no habló más. Yo me sentía muy cansado y trastabillé, mientras Francesca me tomó del brazo, en el mismo instante en que una balacera se escuchaba afuera, donde estaba Mikael y el andaluz. El Lopo se asomó apenas y gritó:

- ¡¡¡Son los hombres de Wallcott!!!... debemos huir.

- No hay porque huir, yo voy a hablar con ellos, tengo fuero de la prensa internacional. No me pueden tocar y Wallcott lo sabe.

- ¡¡¡Daniel, no!!!... estos hombres no saben de razones.

Sin embargo, no hice caso y salí. Mika y el andaluz estaban de rodillas junto al *jeep*. Dos hombres los revisaban, mientras otros les apuntaban. Wallcott me miró apenas traspasé el portal.

- Espere, ¿qué hace?... es a mí a quien quiere.

- ¡Vaya!... nuevamente mi amigo, el periodista chileno. Y de nuevo en malos pasos.

- Yo los puedo llevar a Al Habi.

- ¡¿Cómo?!...

- He hablado con él y sé dónde aparecerá.

- Sr. Mori, espero que no esté mintiendo.

- No le estoy mintiendo, pero para hablar de algo usted debe dejar a mis amigos.

- Y finalmente son sus amigos.

- Los he conocido en estos días y se han portado bien conmigo.

- Pero quizá no los conoces bien. Por ejemplo, él, Rodrigo Reyes de las Cuevas, más conocido como el andaluz, es un activista muy violento de una rama belicosa de "los verdes". Y este otro, Mikael Kass, ha liderado muchas operaciones de sabotaje de plantas eléctricas, sistemas de seguridad, es un experto *hacker*, y es buscado en toda Europa. No puedo dejarlos ir.

- Pero usted sabe que Al Habi Rushdie es más importante.

- Sr. Mori, no estamos negociando. Soy yo el que está en una posición ventajosa.

- Puede ser, pero a mí no puede detenerme aquí, sólo hago mi trabajo. Entrevisto a los padres del hombre de mi reportaje, nada más. Y puedo desaparecer sin seguir con esto y Al Habi también.

- Al Habi hablará hoy en Keops, ya lo sabemos, y quisimos apresarlo aquí antes, pero si no lo haremos allá.

- ¡No habléis con este hijo de put...!.- alcanzó a gritar el andaluz antes de recibir un culatazo en la nuca.

- ¡Llévenselos al auto!, y vayámonos de aquí. No hay nada más que hablar... y le ruego por su bien, no se meta en más problemas. Este asunto es muy grande para usted, y pude estar en el bando equivocado. Yo soy un agente de seguridad, trabajo con las policías de los gobiernos más importantes, conjuntamente con Scotland Yard. Ellos son los terroristas. Elija bien, haga su trabajo y váyase en paz... ¿ha hablado con su hija?

- Cada vez que puedo y está bien.

- Que bueno, no hay nada como una familia feliz.

Wallcott se dio media vuelta y se fue con sus hombres, y con Mikael y Rodrigo. El Lopo y Francesca no salieron de la casa. Yo tiritaba cada vez que ese agente de la CIA nombraba a mi hija. Era como si siempre la estuviesen observando y que cualquier paso en falso que diera yo, ella podía salir lastimada, pero sabía que ahora ya no podía retroceder. Esto era grande y yo tenía algo que hacer que aún no sabía que era.

- Sus amigos le dejaron esto.- me dijo Ahmed pasándome una pequeño papel.

Francesca dejó una hora y un lugar. Tres de la tarde, templo de *Luxor*.

- ¿Don Ahmed Rushdie?... soy el padre Gian Luca Di Sostri, vengo enviado por el Vaticano.

- Padre, ha llegado justo a tiempo. Le presento a....- Ahmed se dio cuenta que ni siquiera sabía mi nombre.

- ...Daniel Mori.- concluí la oración.

- El joven me ha traído noticias de mi hijo.

- ¿Noticias?...

- No exactamente, solo soy un periodista chileno haciendo un reportaje.

- ¿Chileno?... el interés por este hombre ha llegado a todas partes.

- Es una gran noticia, para que incluso el Vaticano mande sus enviados.

- Al Habi Rushdie ha hecho algunas cosas, "sanaciones" que debemos verificar.

- ¿Milagros?

- Eso lo estamos investigando, aún no hay un caso en esto, es todo preliminar. Discúlpeme Sr. Mori. Sr. Rushdie, debo hablar con usted en privado.

- No se preocupe por mí, don Ahmed. Yo tengo que irme.

- Sr. Mori. Vuelva por aquí pronto, lo estaremos esperando, le estamos muy agradecidos.

La mujer que permanecía en silencio, se me acercó y me abrazó con mucho cariño. Dijo unas palabras en árabe muy sentidas.

- Mi mujer reza por usted y quiere expresarle que le ha devuelto las esperanzas.- precisó el padre del profeta.

Le tomé las manos y le guiñé un ojo. Le di un beso en la frente y me fui de ahí con el alma tranquila. Pero le dirigí una última frase al sacerdote:

- "Dios nos ve y viene por los elegidos. La vida comienza a los tres años".

Él se quedó paralizado. Yo no lo advertí, ni tampoco supe por qué dije esa oración.

Capítulo XI: El primer milagro.

Gian Luca Di Sostri era un niño de nueve años cuando su vida cambió. Visitaba las pirámides de *Giza* con sus padres en un día caluroso y, aunque estaba maravillado por la grandeza de los monumentos, quería irse a jugar a su casa en el Cairo. Era 1979 y su padre, un diplomático de carrera, trabajaba en la embajada italiana en Egipto, como secretario personal del embajador. Su madre, una profesora de inglés, también tenía labor que hacer para el gobierno de la península, traduciendo informes y cartas, pero en su tiempo libre, recorrió todos los lugares turísticos, los templos, las pirámides, alrededor del Nilo, para elaborar una buena guía del viajero. Sin embargo, su principal preocupación por esos días era que su hijo tuvo que hacerse exámenes, por repentinos dolores de cabeza, y existía la posibilidad de que fuera un tumor. Nada le habían dicho al pequeño Gian Luca y el paseo era una forma de hacerle sentir que todo estaba bien.

Aquella mañana, coincidió que Al Habi también visitaba las pirámides, junto a su padre Ahmed, pues a la corta edad de tres años, ya se interesaba por los misterios de estas construcciones monumentales y por todo aquello que encerrara algún secreto sagrado. Quizá sin saberlo, el niño Al Habi iniciaba su camino de salvación, y lo hacía a través de un pequeño milagro. Mientras él miraba detenidamente una de las aristas de la base de la Esfinge de Giza, buscando señales de no se sabe bien qué, Gian Luca corría distraído como cualquier infante de su edad y, al dar la vuelta en esa esquina, chocó con el iluminado. Ambos se revolcaron por las arenas secas, incluso Gian Luca, sufrió un corte en la ceja que no dejaba de sangrar. Los padres corrieron al sentir el llanto del herido, cada uno desde sus ubicaciones opuestas. Giacomo Di Sostri, llegó primero a atender a su hijo, pero el pequeño Al Habi, ya se había levantado y tenía su mano sobre la cabeza de Gian Luca. El niño habló en inglés:

- No se preocupe, ya está bien.

- ¡Pero ¿qué pasó?!...

- Nada papá, estaba corriendo y no me fijé en él que estaba hincado ahí. Me tropecé, fue culpa mía.

Al Habi insistió:

- No tiene nada en su cabeza, lo malo ya se fue.

Estas palabras le sonaron raro a Giacomo y también a su esposa que venía llegando al lugar. Ambos sintieron que el pequeño niño se refería al tumor, que hablaba con una paz que inundaba todo. Se tranquilizaron. Ahmed ya estaba junto a su hijo y sólo atinó a sonreír para distender la situación, pero no era necesario.

- ¿Estás bien?- preguntó la madre a Gian Luca.

- Sí, fui muy imprudente. Fue mi culpa.- repetía.

- Nadie tiene culpa a nuestra edad.- dijo con insólita madurez, Al Habi.

- Su hijo es especial, se expresa de forma muy sabia y habla muy bien el inglés para su edad.-

- Si, lo es.

- ¿Son de aquí?

- Sí, vivimos en el Cairo, en Al Jizah. ¿Su hijo está bien?

- Parece que sí.

Los niños, por su parte, comparaban magulladuras y tenían una actitud amistosa. La madre miraba con ternura y sentía que algo había cambiado.

- Soy secretario de la embajada de Italia. Me gustaría invitar a su hijo a jugar con el mío uno de estos días. ¿Cómo es su nombre?... ¿a qué se dedica?

- Soy Ahmed Rushdie, profesor en la escuela de nuestro barrio, doy la materia de matemáticas. Mi hijo se llama Al Habi.

- ¿Y usted le enseña inglés?... mi señora es profesora también, precisamente de inglés.

- No, la verdad es que aprende rápido y solo, yo lo guío, pero él va siempre adelantado.

- Es un niño superdotado, sin duda.

- No me gusta llamarlo así.

- Tome mi tarjeta. Llámeme y nos contactaremos. Me gustaría ayudar a su hijo en lo que necesite, talentos así no se pueden desaprovechar.

Gian Luca y Al Habi tenían también su propio diálogo, en italiano, aunque el niño egipcio nunca había hablado ese idioma.

- ¿Estás enfermo?

- No, bueno nada de cuidado, me ha dolido la cabeza un poco.

- ¿Crees en Dios?

- Sí.

- Pues Él ha obrado en ti.

- ¡Gian Luca!... despídete de tu amigo, nos vamos.- llamó su padre, uno metros más allá, sin darse cuenta de la extraña conversación.

La mujer permanecía ensimismada, entre unos y otros, procesando lo sucedido y tan solo atino a despedirse con una sonrisa de agradecimiento hacia el padre.

En la semana siguiente, Giacomo Di Sostri quiso dar con el paradero de la familia Rushdie. Sobre todo aquel día, luego de visitar al doctor de su hijo y recibir los exámenes.

- ¡Un tumor cerebral!

- Sí, y está alojado en un lugar inapropiado y de muy difícil acceso. Hay que operar cuanto antes, es riesgoso, pero hay que hacerlo.

- ¡No puede ser!... él ha estado muy bien estos últimos días. No le ha dolido la cabeza para nada.

- Que no tenga dolor no significa que el tumor no esté ahí.

- ¿Está seguro?... no podríamos hacer nuevos exámenes.

- Los exámenes son muy claros, no hay duda alguna, pero está en su derecho de hacer unos nuevos. Yo quiero dejarle en claro que esto puede ser mortal y que hay que actuar rápido.

- No puede ser. Yo estoy segura que mi hijo está bien. Él es otro desde hace unos días. Doctor, quiero una segunda opinión.- dijo la madre.

- Sí, doctor, no es que desconfiemos de usted, pero será lo mejor tener una segunda opinión, ya que yo también pienso que mi hijo está mejor.

- Están en todo su derecho, pero háganlo ya.

Los padres pidieron hacer nuevos exámenes y el pequeño Gian Luca, los sorprendió más aún.

- Papá, yo no tengo nada, estoy bien, no se preocupen. Al Habi me dijo que estoy sanado por Dios.

- ¿Qué?... ¿cuándo fue eso?...

- Me lo dijo ese día en que me tropecé con él y también la otra noche.

- ¿Lo viste?

- Soñé que jugábamos y me sonrió. Dijo que Dios me tenía una misión y que no iba a morir de un tumor.

Los padres se quedaron boquiabiertos y esperaron confiados los nuevos resultados. Para sorpresa de todos, dos días después, recibieron un llamado de su doctor.

- Sr. Di Sostri, estoy muy confundido. Las nuevas imágenes revelan una desaparición total del tumor. Puede ser que se haya ocultado en alguna región cerca de la silla turca, pero es poco probable. Junto con un colega, nos gustaría revisar a su hijo nuevamente.

- Doctor, nosotros no necesitamos ver los resultados. Sabíamos que nada arrojarían, pues alguien que conocimos obró un pequeño gran milagro en Gian Luca.

Eso no fue todo. Giacomo Di Sostri se enteró por la prensa de la desaparición del infante Al Habi y pronto visitó a Ahmed Rushdie y su esposa, para apoyarlos. Pero por más que intercedió con organismos gubernamentales a través de sus contactos, nada pudo hacer por hallar el paradero del niño perdido. Con el tiempo perdieron contacto y la familia Di Sostri volvió a Roma, donde Gian Luca creció feliz y lleno de la gracia del Señor Jesucristo, que lo llamó a su servicio a temprana edad. Su padre en un principio no le pareció del todo bien la consagración de su hijo, un gran estudiante de mente brillante, a la Iglesia, pero su mujer le recordó que Dios y el pequeño Al Habi, le habían devuelto la vida, y que la bendición era muy poderosa como para oponerse, por lo que, con el paso del tiempo, Giacomo Di Sostri decidió usar sus influencias para que su hijo sacerdote optara por una vida más protegida al amparo del Vaticano y no se fuera como misionero. Gian Luca descubrió entonces su camino, desarrollándose como teólogo e investigador de eventos milagrosos y hombres santos.

No fue hasta que Servando Martín de Agüero apareció, que Gian Luca Di Sostri recordó la deuda con el pequeño Al Habi. Cuando vio a ese hombre vaticinando eventos terribles a los que nadie hizo caso, supo que su misión estaba comenzando.

Capitulo XII: El segundo milagro.

Ahmed recordó el nombre, solamente después de despedirse de mí. El sacerdote que tenía en frente, el enviado del Vaticano, era el hijo de Giacomo Di Sostri. Después de más de treinta años, volvía a ver al niño convertido en hombre. Recordó las palabras de su hijo que hablaban de haber sanado al niño italiano con sus manos. Recordó al diplomático volviendo para agradecerle que Al Habi lo hubiera salvado y que no pudo hacer nada para devolverle el favor, pero ahora Gian Luca volvía a Egipto, justo cuando su hijo también aparecía. No pudo más que sentir simpatía por él.

- Así que se dedicó a los asuntos de Dios.

- Y de los hombres de buena voluntad, don Ahmed.

- ¿Es mi hijo un hombre de buena voluntad?...

- Eso espero, aunque algunos crean que es un farsante, yo tiendo a creer que es un hombre santo, por lo menos conmigo hizo algo que no tuvo explicación. Pero el Vaticano necesita pruebas.

- ¿Y usted no vale?

- Sí, pero se necesitan al menos dos milagros y yo vengo a entrevistar a uno. Una joven de aquí, Yhazira Amhazi, hace unos meses fue sanada milagrosamente por un hombre que le devolvió la vista y le extirpó un tumor, como a mí, con solo imponerle las manos.

- ¿Fue mi hijo?...

- ¿Es su hijo el hombre que predica y sana?... porque usted dijo ante los requerimientos anteriores de la Santa Sede que este hombre no era su niño perdido, que era un impostor.

- Así lo creía entonces.

- ¿Y qué sucedió?

- Hace una semana soñé con él que me decía que estaba en una misión y que pronto volvería. Lo curioso es que mi mujer soñó lo mismo, la misma noche. Y hoy día apareció este periodista chileno, el Sr. Mori, a decirme lo mismo, y lo más convincente es que lo hizo usando palabras y frases que tan solo mi pequeño decía, antes de perderse.

- ¿Qué palabras?

- Habló de la estrella que caerá del cielo...

- ¿Estrella?

- Era una obsesión de mi hijo, a sus cortos tres años, mirar las estrellas y aprender de ellas, como también acerca de las tribus e indígenas del mundo.

- Sr. Rushdie, yo espero encontrarme con su hijo nuevamente, mirarlo a los ojos y saber si es verdad lo que predica y lo que hace. Le prometo que rezaré y haré lo que esté a mi alcance para que él vuelva con ustedes.

- En usted confió, pero creo que hay muchos que no quieren lo mismo. Hoy se llevaron a dos amigos del chileno, diciendo que ellos eran cómplices de mi hijo, y que había interesados en capturarlo y atentar contra él.

- Los profetas siempre provocaron actos de fanatismo.

- ¿Y el Vaticano qué quiere de esto?

- Saber la verdad.

- Aunque vaya contra la Iglesia.

- La verdad nunca irá contra los designios de Dios. No se preocupe, todo saldrá bien. Tengo esperanzas en ese asunto, toda vez que yo soy un milagro viviente... y usted, don Ahmed, ¿no conoce a la niña?... ella también vive por esta zona de Al Jizah.

- No he oído de ella.

Di Sostri dejó el hogar de los Rushdie, para ir al encuentro del segundo milagro. Pero recibió la llamada del doctor Ronald Schaffer y esperó su llegada en un café del barrio. Mientras leía sus apuntes, escuchó una voz.

- ¿Cómo está tu cabeza, Gian Luca?...

- ¿Al Habi?

- Yo soy, el que sana en nombre de Dios.

- Quiero verte y saber de ti.

- Me verás esta tarde en Keops y debes contactarte con Daniel Mori.

- ¿El chileno que conocí en casa de tus padres?...

- Es un privilegiado y un buen hombre.

- ¿Y para qué quieres que lo contacte?

- Ambos buscan lo mismo, ambos saben de mí, y los dos tienen una misión de luz.

- ¿Padre Di Sostri?- interrumpió Schaffer.

- Eh... si, perdón estaba distraído.

- Más bien hablaba solo.

- Eeeh... ¡Nooo!... estaba leyendo en voz alta mis apuntes... La niña vive a cinco cuadras de aquí.

La voz calló y Di Sostri sentía que todo era confuso. Al Habi le hablaba en sus pensamientos, le había sanado un tumor en su niñez. Él no podía dudar que era un hombre milagrero y, sin embargo, estaba ahí para ver cualquier detalle que lo delatara como un charlatán, pues al Vaticano no le gustaba para nada este predicador del Apocalipsis. Se cuestionó el hecho de no haber nunca conversado su experiencia con el pequeño Al Habi, con su guía en este asunto, el padre Mac Corney. Quizá el hecho de que sus exámenes habían desaparecido extrañamente desde el despacho de su padre, en ese tiempo, y de que los registros del hospital en El Cairo se habían quemado en un incendio, provocaban de que su caso no fuera tomado en cuenta, por más que él jurara que todo había sido verdad. Pero de igual manera, *"off the record"*, podría haber mencionado el asunto, sin embargo, no lo hizo, quizá porque hasta ahora no estaba seguro de que realmente hubiera sucedido como recordaba y como sus padres contaban. Muchas veces estos hechos son exagerados por los parientes, con la sola idea de sentirse especiales, elegidos por Dios.

- Debemos irnos cuanto antes, yo debo regresar a la brevedad a Roma.

- Claro, también esperan mi informe cuanto antes en la Santa Sede.

La cuadra en el barrio de Al Jizah en que vivía Yhazira era bastante más pobre que la de la familia Rushdie. A las viejas construcciones de barro y piedra, ya semi destruidas, se les habían injertado maderas y techos de planchas de metal. Y la gente, con su actitud en la calle, de observante de todo lo que pasara y no fuera habitual, mostraban con claridad no tener nada más que hacer, pues no ejercían trabajo alguno, y estaban esperando un futuro que ciertamente no llegaría. Por supuesto, un sacerdote italiano y un doctor alemán, no eran precisamente habitúes de por ahí. Al llegar a la dirección exacta, cosa que no fue fácil, y a la que accedieron más por señas e indicaciones de los vecinos, encontraron a una señora mayor en la puerta que barría la entrada de su casa. Ese hogar se veía más ordenado, digno, con algunas macetas con plantas en las ventanas. Le preguntaron por Yhazira y una sonrisa iluminó su rostro. La mujer gentilmente los hizo pasar al hogar.

- Usted es el enviado del Vaticano ¿no?...

- Sí, y él es el doctor Schaffer.

La joven estaba sentada en una silla, arrimada sobre una mesa cosiendo unas telas junto a una vieja máquina que se movía con el vaivén del pedaleo.

- Desde que recuperó la vista se la pasa cosiendo y reparando ropa, y leyendo todo libro que llega a sus manos, en especial los libros santos.

Di Sostri hablaba el árabe, que había aprendido en los cuatro años en que estuvo viviendo en Egipto, de niño, y era el interlocutor de todas las preguntas, tanto propias como de Schaffer.

- ¿Cómo fue que recuperó la vista?

- Tuvo un encuentro. Pero hablen con ella... Yhazira, hija, son los hombres del Vaticano.

- Buenos días, caballeros, que bueno que al fin han llegado.-

Su lenguaje era un tanto distinto a lo esperable, muy ceremonial, educado, que en nada se condecía con su cuna.

- Gracias a usted por recibirnos finalmente.

- Yo siempre he querido dar testimonio del milagro que me ocurrió, sólo esperaba la aprobación del maestro.

- ¿Al Habi Rushdie?

- No sé su nombre. Yo únicamente me crucé en su camino sin querer, aquí a unas cuadras. Y me dio la vista en nombre del Señor.

- ¿Cuándo fue eso?...

- Hace tres meses.

- Entonces estuvo aquí hace algunos meses, pero no visitó a sus padres.- le dijo en inglés a Schaffer.

- O quizá su padre mintió para protegerlo.

- Él estuvo aquí, y lo he visto dos veces más.- dijo, en un perfecto inglés, la joven.

- ¿Dónde aprendió a hablar...?- preguntó con asombro el sacerdote.

- Desde que recuperé la vista, tengo otros talentos conmigo, entiendo y hablo varios idiomas, escucho al maestro en mi interior, despierta y también en sueños.

Gian Luca no pudo si no identificarse con el relato.

- ¿Dónde lo has visto?

- Hace un par de semanas se me apareció y me dijo que viene el tiempo final, que hay que estar preparado. Y ayer vino y me habló de que ustedes vendrían, y que les contara.

- Dr. Schaffer... podría usted hacer su trabajo con ella. Ya que habla inglés podrá llenar sus exámenes y entrevistas sin mi ayuda.

- Sí, claro. Son preguntas simples y exámenes de rutina para corroborar su visión y su estado general de salud.- dijo mientras desplegaba sus utensilios y papeles.

Mientras, Di Sostri, dirigiéndose a su madre le preguntó:

- Tiene usted los informes del hospital acerca de su ceguera y de su cura.

- Claro, padre, bueno, en realidad solo de su ceguera, pues Yhazira no ha querido ir al hospital, dice que no es necesario.

- Yhazira... ¿Por qué no has querido ir al médico?

- Las cosas de Dios no tienen lógica. Él me hizo nacer ciega y ahora me cura, seguramente para que sea testimonio de su grandeza.

- Dios no hace eso.

- Dios lo hace todo, pero no hemos querido verlo.

- ¿Podrías contestarle las preguntas que te hará el Doctor Schaffer?

- ¿Creen que estoy loca?

- No, yo te creo.

- Sí, usted es de los que tuvo que ver para creer... ¿no?

- ¿Por qué lo dices?

- Tuvo que sanarse... del tumor.

- ¿Cómo lo sabes?- interrogó, mirando de reojo a Schaffer, que permanecía atento al diálogo.

- Lo importante es que usted lo sabe... contestaré lo que me pidan, no se preocupe.- dijo con tono suave y conciliador.

- Una pregunta más... ¿Qué lees?

- Aparte de la Biblia, me interesan los libros de las tribus del mundo, de los "naturales".

- ¿De los naturales?...

- Sí, de los no "tocados".

Gian Luca Di Sostri se sintió confundido. El término "naturales" ya había sido escuchado en la Santa Sede y también el término de los "no tocados", y ahora esta joven pobre del Cairo, con nuevos talentos luego de ser curada por Al Habi, aunque ella no conociera su nombre, y que hablaba lenguas sin haberlas estudiado, y como él, escuchaba al maestro en su cabeza, usaba estas palabras que se mantenían en secreto. Desde mucho tiempo, el Vaticano tenía antecedentes de algunos conceptos no explicados, y se estudiaban teorías de intervención divina, o genética, en la raza humana que explicaban ciertos saltos evolutivos, sobre todo respecto al desarrollo de ciertas tecnologías y conocimientos científicos. Y además sabía su secreto, la cura del tumor de su infancia.

Capítulo XIII: El alquimista.

Sebastien Vossier era un destacado miembro de La Real Academia de Ciencias de Paris. Su laboratorio era sofisticado, pero aun así, tenía libros antiguos de primera edición de temas relacionados con teología y ciencia, sobre su escritorio. Y varios computadores con muchos archivos abiertos de artículos acerca de energía sustentables, medio ambiente y plantas nucleares. Tenía fama de adelantado a sus cortos cuarenta y ocho años. Junto a él trabajaba su asistente Dominique Desvoroux, experta en manipulación genética y en capacidades especiales del cuerpo y el cerebro humano. Últimamente estaban enfrascados en un dossier que les había llegado desde el Vaticano, en que les pedían antecedentes acerca de casos de telepatía científicamente probados, especialmente en relación a "eventos chamanísticos" de algunas tribus de aborígenes de distintos puntos del planeta, y a la posibilidad de que la humanidad estuviera evolucionando más rápidamente. Y si así era, saber qué podía estar provocando estos "adelantos". El Dr. Vossier no sabía en realidad por qué lo elegían a él para estos informes, toda vez que su acercamiento a la Iglesia era más bien remoto y solo para manifestar su desaprobación a la ortodoxia del Vaticano con respecto a los avances de la ciencia, especialmente en los caminos en que se desarrollaban sus investigaciones. Más que intervención divina, el hombre había tenido, a su parecer, intervención de terceros en su evolución, y los nuevos hombres habían decidido apartarse de los caminos de Dios.

En cierto modo su teoría al respecto, después de años de investigación paralela a su quehacer científico oficial, ya que estas ideas de intervenciones no eran bien vistas en general por sus colegas más retrógrados, era que el hombre, de alguna u otra manera, había sido sedado en su potencial total y que era claro que algunas fuerzas, preferían que solo ocupáramos un cinco por ciento de nuestra capacidad, haciendo muy lento nuestro desarrollo contra todo lo que se pudiera pensar, un poco al estilo de que "un pueblo ignorante es más fácil de controlar". Pero que, sin embargo, algunos adelantados y otros interesados en adelantar la raza humana, ya habían puesto la semilla para que nuevas cosas sucedieran. Esos adelantados muchas veces surgían espontáneamente desde los que algunos llamaban "naturales o no tocados", muchos aborígenes de diferentes partes del mundo, chamanes, brujos, etc., y otras veces, surgían de personas comunes con algún incidente extraño, como por ejemplo alucinaciones, sueños, o incluso abducciones por parte de seres externos... ¿extraterrestres?... ¿divinidades?... ¿humanos venidos del futuro?... ¿iluminados?... como fuera, estaba claro que alguien estaba interviniendo y sus estudios privados así lo revelaban. Así mismo, el nacimiento de muchos niños con habilidades, como los niños índigos o incluso ciertas genialidades de algunos niños autistas, y la proliferación de cientos de casos inexplicables, mostraban que algo grande estaba siendo incubado.

¿Acaso el Vaticano estaba enterado de alguna manera de sus búsquedas?...

Dominique Desvoroux no había tenido un camino fácil para llegar a ser colaboradora de Vossier. Había sido una discípula brillante en los tiempos en que él daba clases en la Universidad de *La Sorbone*, y por supuesto, fue una buena amante para ese joven y sabio profesor a quien admiraba y que la sedujo. Pero fue mucho tiempo después, casi diez años, cuando empezó a colaborar a distancia, con pequeños *papers* que apuntaron en la dirección adecuada: indicios de intervención extraterrena en la evolución de la humanidad. Teorías había miles, pero era sensato tratar de corroborarlas con verdaderas bases científicas. Desvoroux había tenido una experiencia cercana. Su madre juraba haber sido abducida antes del nacimiento de la pequeña Dominique, y se murió casi loca porque nadie, ni su marido ausente, le había creído. ¿Era, ella misma, una intervención de las estrellas? ...¿o solo una aventura no asumida de su madre?... ella prefería creer lo primero y así dar luces sobre sus extraños sueños de paraísos perdidos en otros mundos, sus intuiciones inexplicables, su inteligencia aguda, que la habían guiado hasta ese hombre asombroso con quien compartía su obsesión. Y no era casual, pues la hábil Dominique sabía que venían tiempos de cambio, de tormentas celestiales, y se había arrimado al árbol perfecto, la ciencia innovadora, para estar a la altura de las circunstancias. Había seguido las ideas tibiamente esbozadas por Vossier en sus charlas universitarias, donde daba pequeños guiños acerca de otra realidad evolutiva. Ella había sabido captar las señales y su camino era ayudar en descubrir la verdad, su verdad, esa de que había humanos no tan humanos, sobrehumanos mejorados, destinados a salvar el planeta.

Era claro, para ella y también para Vossier, que la Tierra estaba colapsando, cambios climáticos, terremotos, inundaciones y la siempre posibilidad de grandes meteoritos u olas solares devastando nuestra biosfera. Y el hombre irracionalmente razonable, aún creía que Dios nos cuidaría para cumplir sus designios de "crecer y multiplicarse" abusando de la naturaleza y los animales que nos había dado en heredad. Ya ese tiempo parecía acabarse y más cerca se estaba del castigo del diluvio, del Apocalipsis, o de los días del Juicio Final. Únicamente los que vieran los signos y se prepararan para el viaje serían salvados.

Capítulo XIV: Las tres de la tarde.

A las tres de la tarde el crucificado expiró, pero a los tres días resucitó y subió a los cielos. Esa imagen rondaba mi cabeza cuando lo vi en esa suave loma en la que predicaba, porque eso hacía Al Habi ante un grupo importante de gente. No era una multitud, pero había al menos una seiscientas personas atentas a sus palabras, que parecían escuchar aún a una distancia considerable.

El templo de *Luxor* era un lugar increíblemente místico. Las enormes estatuas de *Ramsés II* sentado a cada lado del pórtico principal, daban la sensación de cuidadores de un secreto conferido solo a unos pocos. Al Habi estaba dando la espalda, a lo lejos, al templo, pero éste podía ser visto por todos nosotros. La mayoría de los presentes tenían aspecto de egipcios de buena ley, solo unos pocos éramos extranjeros. Francesca estaba cerca de mí. El Lopo se había quedado un poco más lejos, expectante, como temiendo estar a mi lado. Habíamos sabido, por un informante de la familia, que Mika y el andaluz estaban detenidos en el Cairo, pero que los abogados verdes estaban velando porque nada grave les pasara. Wallcott y la CIA no querían activar esa bomba de tiempo en este momento, cualquier conflicto político los distraería de lo importante: ir tras los pasos de Rushdie. Cada cierto rato yo miraba en dirección al norte, por donde venía el camino, esperando ver los autos negros venir, mientras el Lopo miraba a la multitud para detectar algún infiltrado, pero todo parecía muy tranquilo. A lo lejos en el templo de enfrente, el de *Karnac*, que estaba en la otra ladera del río, podíamos divisar mucho movimiento de turistas, pero aquí todos los presentes estaban absortos, en silencio.

- "…Dios elige a sus seguidores, no son ustedes los que lo eligen a Él; Él ya los ha elegido desde antes, y ustedes como simples ovejas irán a su corral. No teman, nada les pasará…"

Eso me sonó a ganado yendo al matadero. Al Habi me dirigió la mirada como presintiendo mi pensamiento.

- "…y los que tengan temor será porque sus almas no están tranquilas, porque sus almas transitan los caminos alejados del creador, y no han querido ver lo esencial."

- Todo está muy tranquilo, ¿no te parece?...- me susurró Francesca.

- Si, pero presiento que no por mucho tiempo.

- Daniel… ¿qué crees que busca Al Habi con exponerse aquí?

- En estos días creo que no busca más que salvar a unos pocos, me ha hablado de desconfianza, de elección y si te fijas, no son tantos los se reúnen cuando él habla.

- Yo lo he seguido por muchas partes y es cierto, en otros lugares había más gente, en algunas partes del África más al sur, se reunían como tres mil personas, los mismo en Australia con las tribus indígenas, y también era más en el Amazonas…

- ¿Al Habi estuvo en el Amazonas?...

- Si Daniel, por muchas partes del planeta… yo lo vi por primera vez en Asia, cerca del mar de China, donde protestábamos por la matanza de ballenas.

- ¿Y qué te atrajo de él?

- Me habló… me dijo que yo era una privilegiada, que sería elegida para una misión importante.

- Pero ¿cómo?... ¿tú también eres una elegida?... ¿entonces por qué me han usado para contactarlo diciendo que solo me habla a mí?...

- Porque no me ha vuelto a hablar después de eso.

Su cara denotaba tristeza, desilusión, y hasta cierto punto, un poco de rabia y frustración.

- "…y tú, hombre, debes seguir tu corazón, y tú, mujer, acompáñalo en su travesía infinita hacia el encuentro divino."- concluía Al Habi a la multitud, mientras yo me dejaba ir por las profundidades de los ojos de Francesca. Ella estaba como hipnotizada y yo busqué sus labios por segunda vez desde que la conocí. Ella me evadió.

- ¡No es el momento, chileno!... ¡Wallcott se acerca con sus matones, va directo donde el maestro!...

Giré mi cabeza hacia la loma. Rushdie compartía con mucha gente que lo rodeaba. Wallcott corría hacia él, seguido de un grupo de agentes. De pronto, se sintió un disparo certero desde la distancia. Mucha gente se tiró al piso, otros corrían desconsolados, Al Habi se llevó las manos a su estómago, al punto rojo que se agrandaba en su ropaje albo. Francesca a mi lado gimió:

- ¡No puede ser!

Pude ver la cara de impotencia de Wallcott y también pude ver al Lopo que corría despavorido hacia nosotros. Francesca se arrodilló a mi lado, desconsolada, toda su fortaleza y determinación había desaparecido dejando una niña indefensa en mis brazos. Leopoldo llegó agitado.

- ¡Fue Mukomo!... ¡lo vi sacar un arma y disparar!... ¡apareció como a unos veinte metros de mí y lo hizo sin dudar, y luego se suicidó!

- ¡¿Qué dices?!... ¡si lo vimos morir hace unos días!...

- Pues era él, estoy seguro.

Tratamos de acercarnos hacia Al Habi, pero antes llegó una camioneta negra cerrada y una ambulancia, lo subieron a una camilla y se lo llevaron escoltado por los hombres de la agencia. Wallcott nos miró, pero al ver nuestra cara de desconsuelo y desesperación intuyó que no teníamos nada que ver en el asunto y se marchó con la comitiva. Las sirenas apartaron a la gente que permanecía incrédula y se perdieron raudamente hacia la ciudad. Por una extraña manía convulsiva de periodista, miré la hora en mi reloj Casio: eran las tres de la tarde.

Dos hechos me sacaron del asombro. El primero fue algo que deseaba pasara en otro momento. Francesca se arrimó a mí y me besó tímidamente los labios. Fue un segundo mágico en medio de la ferocidad de lo acontecido y, mientras miraba sus ojos llorosos con ternura, sucedió lo segundo: una mano se posó en mi hombro. Era el padre Di Sostri.

- Parece que debemos conversar.

- No sé de qué, ahora todo está confuso…

- Ahora es el momento adecuado… "entre las tinieblas brillará la luz"…- casi sentí que era la voz de Al Habi.

- Padre, pero el maestro ha muerto.

- Si, pero me dijo que usted y yo estábamos unidos a su causa. Que debíamos vernos y yo creo que esto no es el final si no el comienzo.

- ¿De qué?...

- Tenemos una misión. Debemos develar una verdad enorme.

Francesca y el Lopo estaban absortos siguiendo nuestro diálogo, cual discípulos antes sus tutores. Ella no soltaba mi mano, pero el Lopo parecía haberse transfigurado. Su rostro estaba duro, ajeno a esa vitalidad que tenía esos días en Kenya, junto a su mujer de ébano. De alguna manera todos habíamos perdido el semblante de los primeros días.

- Yo solo tengo una misión. Hacer mi reportaje de este hombre muerto, que seguramente será primera plana en mi periódico. Luego debo volver a recuperar el tiempo que le he quitado a mi hija. Ella es lo único que me importa.- pero diciendo estas palabras titubeé, pues encontré las pupilas desorientadas de Francesca y me di cuenta que ella tenía un espacio ahora en mi corazón, ese espacio que creía estaba muerto, vacío, el que le había pertenecido a Luciana.

- No dudo que su hija sea lo más importante en su vida, pero ahora hay algo urgente. No podemos dejar que un hombre santo muera en vano.

- ¿Cree usted que Al Habi Rushdie fue un hombre santo?...

- Que duda cabe, usted lo sabe tanto como yo, ¿o no lo escuchó en su mente?

- Daniel, debemos rescatar a Mika y Rodrigo.- interrumpió una repuesta Francesca.- No podemos abandonarlos en las garras de Wallcott.

- Es cierto, y debemos contarle de Mukomo, que fue el del disparo, eso descartará en la mente de ese estúpido que Mika y Rodrigo hayan querido atentar contra el maestro como conjeturaba él.- agregó el Lopo.

- Pero no es de lo único que acusaba a Mikael y el andaluz, hay otros cargos.- dije seguro que nada sería tan fácil.

- ¿Qué es eso de que una persona que ustedes conocen disparó?

- No padre, no es que lo conozcamos mucho, es un taxista ugandés que nos llevó en mi primer encuentro con Al Habi en Kampala, y que fue detenido por la CIA, y que luego vimos morir en una balacera en el Gran Bazar aquí en el Cairo, y que hoy apareció para dispararle a Rushdie, y luego se suicidó a unos metros del Lopo, aquí al lado.

- El africano.- pensó y luego preguntó.- ¿pero, dónde está el cuerpo?

El Lopo miró en la dirección que se suponía debía estar, pero no había nada. El cuerpo de Mukomo nuevamente había desaparecido lleno de misterio.

- …pero, cómo es posible.- murmuró Leopoldo.- ¡Yo lo vi, estoy seguro que era él!

- Yo tenía antecedentes de este hombre antes de salir del Vaticano. De un hombre que había sido visto vivo luego de morir en público y lo pensamos como otro milagro de Al Habi.- contra argumentó Di Sostri.

- Creo que debemos ir donde Wallcott por varios motivos. Necesito una versión para cerrar mi reportaje e irme a Chile.

- Veo que no siente la necesidad de seguir con la misión encomendada.

- No, quizá tenga cierta curiosidad, pero quiero abocarme a lo importante y eso es mi hija.

Capitulo XV: la señal divina.

Dominique Desvoroux preparaba el café cargado, luego de haber satisfecho sus deseos sexuales con Vossier. Sentía que este podía ser el último momento de intimidad por un buen tiempo, ya que ciertos hechos estaban componiendo un panorama de intenso ajetreo en sus vidas futuras. Su adorable jefe había develado sus investigaciones privadas, esas acerca de las transmutaciones genéticas descubiertas en algunas momias egipcias y otras de América del Sur. Y la noche anterior había recibido un mensaje por *e-mail* de otro colega "no oficial" que corroboraba ciertas teorías.

- Hasta que nos dejaron ver sus actos...- dijo abriendo y revisando el archivo.

- ¿A qué te refieres?

- Solkjaer Jenssen tiene dos casos más irrefutables. Una niña índigo tiene sueños premonitorios acerca de eventos climáticos desastrosos en todas las latitudes con una certeza del cien por ciento. Hace dos años que predice terremotos, inundaciones y tornados, que según ella sueña. Solkjaer la ha estudiado con seguimiento a sus ondas cerebrales y asegura que no son solo sueños premonitorios si no que es receptora de actividad telepática.

- ¿Actividad telepática de quién?

- Eso está por verse. Y tiene otro caso de un hombre ecuatoriano que dice ser chamán de su pueblo en el Amazonas y que le ha transmitido a él mismo mentalmente una serie de imágenes aterradoras acerca de devastaciones y naves extrañas llevándose gente en una especie de abducción masiva. Jenssen dice que no sabe cómo lo hace, pero que por su simple voluntad puede trasmitir esas imágenes a quien quiera, y que afirma que su misión es anunciar la venida de los salvadores. Lo increíble es que similares experiencias han sido detectadas por varios investigadores en distintos puntos del planeta. Y tú sabes que nosotros tenemos otros dos casos aquí. El hijo de mi hermana, que es autista y desde hace más de un año no para de dibujar volcanes en erupción y tornados, y que asombrosamente les pone fecha que luego ocurren con exactitud, y al que me permití tomarle una muestra de sangre para descubrir que su ADN tiene una composición alterada no sabemos cómo, y bueno, para qué decir de tus extraños sueños de visitas extraterrestres.

- Ya te confié lo que mi madre decía… y no me gusta que te burles.

- No me burlo, es más, creo que es hora de tomarse esto muy en serio. Sabes que confío en ti, y no te propondría esto si no creyera que puede ser determinante en nuestras investigaciones, pero es momento de aceptes unas pruebas de ADN.

- ¿Qué estás diciendo?

- Y si lo que decía tu madre fuera cierto… ¿acaso tú no te has manifestado siempre más cerca de creerle que de no hacerlo?...

- No niego que todo esto es muy raro, pero…

- Dominique, somos científicos, nuestra mente es abierta, yo estoy casi seguro con mis teorías de que hemos sido intervenidos genéticamente a lo largo de nuestra evolución. Nadie se traga eso de que el salto del *Homo Saphiens* fue por un pulgar. Algo sucedió y no sé si fue Dios. Y está esto que nos pide el Vaticano de forma urgente... ¿cómo crees que llegaron a nosotros?... ¿crees en las coincidencias?... Tú puedes ser una prueba viviente como mi sobrino autista.

- ¿Y qué supones que sabe la Santa Sede?...

- Quizá lo saben todo en sus archivos ocultos y ahora solo buscan destapar la olla. Además ellos tienen sus propios investigadores católicos, pero prefirieron unos ateos como nosotros.

- Sebastien, ¿tú me amarías igual si fuera diferente?...

- Somos diferentes, recuerda, únicos e irrepetibles.

Dominique lo abrazó, lo besó con toda su pasión y se dejaron ir a una noche desenfrenada de cuerpos calientes, de mentes queriendo evitar pensar en lo que venía, pues los signos eran claros. Alguien los quería poner al corriente de las últimas noticias estelares, del agotamiento del planeta, de los tiempos acortados e irreversibles de nuestra necedad.

Tras el café cargado, Vossier apuró a Dominique.

- Hoy te haré las pruebas.

- No es necesario. Ya me las hice mucho antes de trabajar contigo, por eso soy genetista. Tenía mis dudas, siempre le he creído a mi madre, pero los resultados no la avalaban. No hay nada raro en mi ADN.

- ¿Estás segura?... pero ¿por qué no me lo habías contado?...

- Porque en cierto modo estoy desilusionada. Tengo la sensación permanente de que sí fui intervenida, tengo los sueños, las visiones…

- Sabes que puede ser simple autosugestión como una forma de redimir a tu madre.

- Si, pero no es eso. Por años en mi adolescencia tuve terapia y esa era la teoría de mi psicóloga, pero finalmente había visiones demasiado claras de otras realidades a las que yo jamás he tenido acceso.

- Nunca me has contado en detalles…

- Son confusas, no sé si pueden decir mucho a otra persona.

- Bueno, pero no está de más saber de ellas.

- La verdad, las visiones son siempre similares… veo una luz muy potente que se acerca y luego me transporto a otra imagen donde todo es muy natural, me sumerjo desnuda en una laguna resplandeciente llena de cataratas y vegetación exuberante, pero que estoy segura, a pesar de su similitud, que no es la Tierra. Tengo la sensación en el sueño que soy una especie de Eva en un nuevo paraíso. Luego veo enormes ciudades de luz en medio de selvas abundantes, también en desiertos completamente floridos e incluso, bajo un mar lleno de una flora y fauna marina irreconocible, pero maravillosa. La sensación de paz y de protección es enorme. Después, eso sí, todo se transforma en visiones de mundos celulares, pequeños, donde éstas se trasforman, mutan y cambian, como si yo estuviera en un gran útero, en una inmensa gestación de vida, de otra vida.

- Todo va en la misma dirección…

- ¿A qué te refieres?...

- A que es inminente que hay otros mundos y que nos observan desde hace tiempo ya, y que no hemos sido cuidadosos.

- ¿Y qué debo pensar de mis sueños?

- Que eres alguien que de alguna manera has sido elegida y te lo dejan ver.

- ¿Y tú?

- Bueno, yo también he podido descubrir parte de la verdad a través de mis investigaciones y no tengo miedo, tengo esperanza.

- ¿Qué haremos?

- Iremos a ver a mi hermana y a mi sobrino Antoine.

Antoine era un niño hermoso, sus enormes ojos azules y transparentes parecían penetrar todo lo que miraban, su cabello rizado claro, su piel blanca como la luna, y sus manos delicadas que no soltaban los lápices de colores con los que hacía interminables dibujos, uno tras otro, casi de forma compulsiva, aunque se detenía a veces y se balanceaba observándolos, haciendo sonidos melódicos de uno o dos tonos que armonizaban con los del televisor. Su madre a un costado, lo miraba mientras seguía los comentarios de su hermano:

- ¿Crees que todo sea así tan descabellado?

- No Paulette, no es descabellado, al contrario, creo que es nuestra única posibilidad de trascender a este planeta loco.

- Y tu amiga ¿cree lo mismo?

- No es fácil pensar que nuestros hijos traigan un mensaje tan categórico y menos si parecen no ser concientes de eso.

- Mi hijo es una criatura de Dios que me ha traído dolor, preocupación, pero también muchas cosas maravillosas. Cuando me mira con sus ojos me estremece y sus besos espontáneos cuando menos lo espero, me llenan el alma. Sé que es como un pequeño angelito que me han regalado desde arriba.

- Paulette… ¿puedo ver los dibujos que ha hecho este último tiempo?

- Sí, pero ha hecho muchos, los tengo en una carpeta en su habitación, los más bellos los tengo colgados, a él le gusta mirarlos por horas…

Vossier y Desvoroux siguieron a la mujer, mientras el niño intensificaba su ulular. Dominique por un momento giró a verlo y el niño la miró penetrantemente, sus ojos parecían tormentas y sonrió casi como un ente tierno y maléfico a la vez. Se asustó y siguió, casi tambaleándose de la impresión, a los hermanos.

- ¡Sebastien!, Antoine me miró fijamen…- pero al entrar a la habitación, no pudo terminar la frase. Las docenas de dibujos pegados en la pared eran exactamente los paisajes coloridos de sus sueños, así como también los mundos microscópicos que se intercalaban en sus visiones. Todo era reconocible a un nivel demasiado perfecto.

- ¿Qué te pasa?- inquirió Vossier ante la atónita y absorta mirada de Dominique.

- Son mis sueños. Es lo que te conté.

Antoine apareció tras de ellos, parado, con su mirada llena de inocencia y dejó escurrir su orina por entre las piernas, dejando una posa en el parqué. Su madre rápidamente intentó ir a tomarlo para cambiarlo de ropa, casi como un acto reflejo, mientras reclamaba:

- Otra vez en el mismo día.

Su hermano la detuvo:

- Espera, ¿cómo que otra vez?... tiene incontinencia habitualmente.

- ¡No!... quizá está enfermo, pero en la mañana, mientras pasaban las noticias de la televisión, al ver el atentado a ese falso profeta en El Cairo, se quedó mirando fijamente y se hizo parado como ahora.

- ¡¿Qué falso profeta?!... ¡¿Qué atentado?!

- Un tal Al Habi… como era… ¡Rushdie!, como el escritor de los "*Versos Satánicos*".

- No sé nada de eso y ¿tú?- le preguntó a Dominique.

Ella se encogió de hombros.

- Ustedes los científicos todo el día encerrado en sus quehaceres, no tienen idea de lo que pasa en el mundo.

Pero entonces fue el niño el que habló, dejándolos a todos boquiabiertos, en especial porque la voz no era de él. Hablaba en francés, pero con un acento árabe.

- "No teman, mi nombre es Al Habi, pero eso no importa ahora. Deben ir al Cairo y contactarse con un hombre del Vaticano, un sacerdote que investiga mi muerte, se llama Gian Luca Di Sostri. Deben contarle de los sueños de la mujer y de los dibujos del niño. Él sabe que es tiempo de los naturales y de la salvación… él les dirá qué hacer."

El niño se desvaneció, pero su madre logró tomarlo en brazos antes de que cayera al suelo. Vossier y su asistente estaban como petrificados, pero el hombre reaccionó:

- ¿Qué es esto?... esa voz tan extraña… ¿salvación?... ¿naturales?... ¿El Vaticano?... este círculo se está cerrando y nosotros estamos al medio.

- ¿Qué dices, Sebastien?- inquirió su hermana.

- Toma a Antoine, vayamos al hospital, y si está bien nos acompañarás al Cairo.- dijo con convencimiento.

- ¡No, por ningún motivo, no me moveré de Paris!

- Bueno, ya veremos, vamos, tienen que atenderlo, no sabemos que tipo de convulsión tiene tu hijo.

Sin embargo, nada de eso fue necesario. De pronto Antoine se recuperó y, como si nada, volvió a su lugar en la salita, a dibujar y cantar su tonada misteriosa.

- Vayan ustedes a Egipto. Antoine ha dibujado también pirámides este último tiempo, y ahora entiendo que dibujó también a este profeta. Miren.- dijo mostrando un dibujo revelador.

- ¿Qué haremos?-

- No tenemos elección. Debemos encontrar a ese sacerdote del Vaticano.

Capítulo XVI: La conversación.

Wallcott tenía la mirada perdida. Por años había estado tras los pasos de Rushdie y había sido advertido por sus superiores que tarde o temprano este sería asesinado. La Casa Blanca estaba siempre alerta esperando la irrupción de terroristas del mundo musulmán en su territorio y este hombre sabía, más allá de sus predicas y de su ideología religiosa un tanto confusa para occidente, con exactitud los movimientos de muchos atentados, aunque parecía estar ajeno a ellos.

Rushdie había sido un dolor de cabeza, sus órdenes eran que tenía que detenerlo, pero con vida, teniendo que descubrir sus nexos, si los tenía, y protegerlo de otras amenazas que nadie sabía a ciencia cierta de donde provenían. Y ahora, el cuerpo inerte de este hombre misterioso estaba por llevarse para siempre todos sus secretos.

¿Qué hacer ahora?... se preguntaba con las manos en las sienes, cuando fue interrumpido en sus cavilaciones.

- Sr. Wallcott, un sacerdote y el periodista chileno los buscan.

- No estoy para atenderlos ahora… diles que esperen. Tengo que hacer unas llamadas.

- Dicen que tienen información importante acerca del atentado a Rushdie.

- ¡Qué esperen te dije!... y pregúntale el nombre al sacerdote y tráeme toda la información que averigües de él.

- Sí, señor.

¿Qué información podía tener el chileno ahora si nunca había querido cooperar?... Era curioso, como si siempre fuese un paso delante de él. No parecía estar implicado en nada, pero la información llegaba a él como si fuese la voz oficial de este profeta misterioso. Wallcott llamó por su teléfono celular.

- Sr. De Will, ocurrió lo que no queríamos.

- Wallcott, no se atormente. Tenemos noticias de que todo fue un engaño y ya sabemos lo más importante: este Al Habi era sólo un mensajero, pero ya es hora de hacer contacto. La agencia tiene todo bajo control y usted tendrá su pago como se le prometió.

- Señor, pero aún hay ciertos cabos sueltos…

- Wallcott, le insisto, ya nada de este asunto importa. Tenemos la información que queríamos. Nada de lo sucedido con Rushdie tiene que ver con terrorismo internacional, es algo mucho más grande. Usted ha hecho un buen trabajo. Vuelva a casa, marinero.

- Así lo haré… - dijo no muy convencido, mientras la voz al otro lado del teléfono se había ido.

¿Qué significaba todo esto?... el hombre que había perseguido por años ya no era importante. Además estaba muerto. Nada sabría de él. De Will tampoco le dio muchas luces del asunto. Tenía a dos terroristas detenidos aquí en el Cairo. Uno de ellos, un importante *hacker* que había intervenido complejos y secretos estándares de comunicación e información de la CIA y otras agencias secretas gubernamentales, con esa mierda del fin del mundo y la caída de Occidente. Y ahora un hombre simple del rincón más alejado del mundo y un sacerdote decían tener información importante. La verdad es que no podía dejar las cosas hasta aquí, su instinto de sabueso quería saber más. Llamó por el citófono.

- Morris, me tiene los informes que le pedí del sacerdote.

- Sí, señor. Es un personero del Vaticano. ¿Le mando la información por el computador?

- Sí, claro. Tal como pensé parece que esto tiene otras aristas para sorprenderme.

La información llegó en segundos a su *notebook*. Un investigador de milagros del Vaticano, hijo de diplomáticos italianos, protegido además por una carpeta de confidencialidad de Scotland Yard, bajo el rótulo de sucesos desconocidos de salud… ¿Qué clase de archivo era éste?... ¿Desde cuándo la agencia británica estaba preocupada de la salud?...

- Morris, haga pasar a los que me esperan.

Di Sostri y yo entramos acompañados de Francesca. Nuestras caras eran de preocupación y temor, y él lo percibió.

- Vaya, Sr. Mori, nos volvemos a encontrar. Lo vi en la multitud de ayer. Fue un desastre. ¿A qué debo su visita?...

- Wallcott, me acompaña el padre Di Sostri, es un sacerdote del Vaticano.

- Si, ya veo, y también viene con la Srta. Copolla… bueno, padre, usted dirá, yo la verdad no tengo mucha relación con gente de su mundo espiritual, es un poco raro verlo preocupado de este asunto, porque me imagino vienen por el atentado de Rushdie…

- Sr. Wallcott… creemos que Al Habi Rushdie no está muerto, es posible ver su cuerpo.

- ¡¿Qué no está muerto?!… ¡pero si se desangró en mis brazos en la ambulancia!… murió más rápido de lo que un hombre resucitado creí que lo hacía…

- Como Mukomo tal vez… sabe, él fue el que le disparó a Al Habi, lo vimos a no más de diez metros, y él también murió en mis brazos en la plaza del Gran Bazar.- le argumenté con cierta ironía.

- ¿Qué dice, Mori?

- Qué todo esto es muy raro y estamos seguros que Al Habi vive.

- Seguros no pueden estar…

- Wallcott, este hombre ha tenido una vida misteriosa y larga, ha tenido otras identidades y…

- Mori, soy agente de la CIA y lo perseguí durante casi diez años, conozco todo de él. Dígame algo que no sepa.

- Sabe por supuesto que hace milagros…- intervino Di Sostri

- Sí, pero nada comprobado.

- Pues yo sé que lo hizo, soy una prueba viviente de ello, hace más de treinta años me curó un tumor en el cerebro con solo tocarme y decirlo. Y conozco otros casos…

Yo miré al sacerdote sorprendido, pero agregué casi sin pensar:

- Y a mí, me ha hablado en forma telepática e incluso ha hablado a través de mí con sus padres.

- Vaya, vaya, el profeta parece haber sido un hombre santo de verdad, pero está muerto.

- Wallcott, este hombre se comunicó con nosotros y nos dijo que una misión seguiría su curso y que nosotros éramos parte de ello.

- Además está lo de Mukomo.- agregó Francesca.

- Mukomo está muerto.

- Sí, lo estaba esa tarde en el Gran Bazar. Murió en mis brazos, pero ayer en el atentado, fue él quien disparó y luego se suicidó.

- ¡¿Qué dicen?!... ¿tienen pruebas de eso?

- Leopoldo lo vio a pocos metros y luego presenció como se suicidaba.

- ¿Y dónde está ese Leopoldo?

Capítulo XVII: la misión secreta.

El Lopo caminaba raudo por las calles céntricas del Cairo, mirando a todos los lados cada cierto tiempo, claramente asustado. Había urgencia en su actitud, que se manifestó más aún cuando entró a un hotel lujoso plagado de gente y movimiento, en donde se sintió vulnerable, dirigiéndose tímidamente al mesón de recepción.

- Me esperan en la habitación 422.- dijo con voz tenue.

- ¿Perdón?

- La habitación 422... me están esperando.- dijo subiendo un poco la voz

-¿A quién debo anunciar?

- Santiago Miralles.

El conserje preguntó por citófono y recibió una rápida respuesta.

- Pase. Los ascensores están al frente.

Mientras iba en el cubículo de espejos y bronce, Leopoldo Varas recordaba esa noche en que siendo aún sacerdote misionero, recibió el llamado del Vaticano. Querían conversar con él acerca de sus encuentros con Al Habi Rushdie. Lo citaron a un departamento de asuntos religiosos enclavado en el décimo piso de un edificio corporativo del gobierno sudafricano en pleno Johannesburgo. En ese piso, el Vaticano tenía una especie de embajada, al igual que otras naciones como Inglaterra, Portugal, Francia y Holanda, que tenían pisos donde concentraban sus negocios y relaciones con el gobierno africano. Era como una gran torre de Babel. Y ahí, sintió todo el poder de los poderosos.

Poco tiempo antes, conoció a Al Habi Rushdie por casualidad, al menos eso pensó en ese momento. En uno de sus viajes a visitar tribus aborígenes en Kenya, se encontró con el profeta, que por entonces le pareció una especie de profesor primario que les enseñaba a los "naturales" cosas básicas de occidente que podían serle útiles. Por un tiempo, trabajaron juntos, aunque Al Habi tenía una visión muy crítica de los tiempos que se vivían y de la postura un tanto pasiva de la Iglesia. Por entonces, le pareció que este joven idealista era potencialmente una amenaza para su misión evangelizadora, toda vez que confundía con su retórica a los indígenas, y les hacía ver que, lejos de aceptar la ley de Dios, ellos debían seguir sus leyes naturales, los ritos de la tierra, la sabiduría del instinto y la agudeza de la premonición. Según él, el verdadero Dios estaba en la naturaleza y no en la palabra. Pronto vio como este hombre tenía un gran poder de convicción y lograba que lejos de civilizarse, estos hombres desnudos prefirieran volver a sus lugares sagrados. Las comunidades religiosas estaban mermando y su fe tambaleaba.

Fue entonces cuando recibió la visita de uno de sus superiores, tras los requerimientos que hiciera a su orden jesuita. El entonces padre Víctor de Souza, vino a encomendarle una nueva y secreta misión. Una muy grande, que le era encomendada desde el mismísimo Vaticano. Dejaría de ser misionero, de ser religioso, para seguir de forma solapada a este extraño profeta, que por entonces se hacía llamar Servando Martín de Agüero, y que había sido investigado por la Santa Sede desde que había predicho los atentados a las torres gemelas y otros similares, a fines de los años 90. Y no solo eso, tenían los antecedentes de algunos milagros, como los de la cura inexplicable del niño Di Sostri, que mostraban a este hombre como un iluminado. Pero un iluminado indomable y díscolo que podía hacer tambalear no solo las bases de un pobre misionero chileno, si no las de toda la Iglesia Católica. Leopoldo Varas, convertido en el Lopo, pensó que esta misión lo acercaría nuevamente a su fe y aceptó la propuesta de De Souza, sin saber todos los alcances reales de esta misión. Convenció a Al Habi, al menos en apariencia, de que había abandonado su hábito para ayudarlo y seguirlo en su cruzada, pero luego de recibir pinceladas de su sabiduría naturalista, cayó en la trampa más grande, el amor. Fue el propio Al Habi quien le presentó a Salayia y desde entonces, el Lopo, conoció el verdadero poder del cuerpo y el alma, de la naturaleza humana y extra humana, y todo se volvió una constante contradicción entre seguir su misión o abandonarla. El Lopo estaba convencido del poder de Al Habi, y de la maravilla de vivir junto a su mujer de ébano, pero seguía sintiendo lealtad por su orden eclesiástica, más aún cuando Al Habi dejó de hablarle y desapareció.

Ahora estaba frente a una puerta, la habitación 422, luego de presentarse con una identidad falsa como se lo habían solicitado, listo para traspasar el umbral y terminar con toda esta farsa. Al otro lado, estaba un hombre del pasado. Víctor de Souza, ahora envestido de Cardenal. Se abrió la puerta y dio un par de pasos largos hasta estar cara a cara con su superior.

- Tiempo sin vernos, ni saber de usted, padre Leopoldo.

- Padre De Souza.- saludó, al tiempo que se arrodilló y besó su anillo vaticano.

- No quiero su humildad ahora, quiero su lealtad. Estamos en tiempos difíciles y necesitamos toda su colaboración.

- Padre, hace mucho tiempo que no he podido contactarme con él, y ahora está muerto.

- Leopoldo, usted sabe que este hombre ha muerto y revivido varias veces, ha cambiado de identidad, ha hecho milagros y ahora trae una verdad enorme que puede destruir nuestra Iglesia y nuestro mundo.

- Cardenal, no sé bien lo que me dice, solo sé que lo mataron ayer cerca del templo de Luxor. Incluso yo vi al hombre que le disparó.

- Y lo vio morir…

El Lopo casi se desmayó mientras vio aparecer a Mukomo desde otra habitación del departamento, con un hábito que reconocía.

- Le presento al padre Mukomo, es misionero como usted. Y nos ha ayudado mucho en este asunto.

- ¡Pero no puede ser!, yo he visto morir a este hombre dos veces.

- Ve usted que los milagros a veces son una ilusión óptica. Ni siquiera "ver para creer" como decía nuestro Santo Tomás, es en estos tiempos signo de certeza.

- ¿Qué quieren ahora de mí?... yo he sido leal.

- Padre Leopoldo. Todos queremos lo mismo. La grandeza de nuestro Señor Jesucristo y llevar su palabra a todo el mundo.- dijo Mukomo.

- Y a todos los mundos…- agregó De Souza.

- ¿Qué quiere decir con eso?

- Este asunto del Al Habi tomó dimensiones insospechadas. Hemos tenido información de la NASA y de departamentos especiales del Vaticano para estos asuntos, que objetos enormes de luz se acercan a la Tierra y que Al Habi es una especie de mensajero.

- ¿Cómo?

- Al Habi es más que un hombre santo y al parecer no es el único. ¿Se ha contactado con alguien especial estos días?... Supimos que has tenido un visitante de tu país. Mukomo nos ha tenido al tanto.

- ¿Mori?

- Parece tener un don, una conexión con Al Habi.

- Es verdad, Al Habi ha hablado con él, pero solo lo ha usado como lo hizo conmigo y con muchos otros a los que les ha hablado y luego los ha sumergido en el silencio. Seguro ya no le hablará más, por lo demás está muerto.

- Puede ser, pero fue al último al que le habló y también ha involucrado a uno de los nuestros, al padre Di Sostri.

- Pero ¿qué quieren de mí?...

- Que lo sigas.- dijo Mukomo.

- Leopoldo, el mundo cambiará y si hay otros mundos y otros habitantes en el universo, queremos creer que todos somos hijos del mismo Dios. El Vaticano quiere ser el nexo con estos hijos de Dios y no dejar que los gobiernos poderosos y beligerantes entren en conflicto con ellos, como es predecible que pase. Nuestra misión sigue siendo una misión de paz…

- ¡Pero Mukomo le disparó a Al Habi!...

- No creas todo lo que ves.

- Yo te vi.

- Toda iluminación necesita un sacrificio. La evangelización es dura y recién comienza. Al Habi sabía que moriría tarde o temprano, era su tiempo, es parte del plan divino, así como nuestro Señor Jesucristo murió para salvarnos.- El brillo de los ojos del Cardenal De Souza denotaba el convencimiento de sus palabras.

- Vuelva con sus amigos y siga su misión. Lo necesitamos para llegar hasta el final.- agregó.

- Lo hará por nuestra Iglesia ¿no?- inquirió Mukomo.

Leopoldo Varas asintió, aunque más bien para marcharse de ahí y decidir su futuro con su conciencia más íntima.

Capítulo XVIII: La conjunción.

La tarde se estaba tomando la última luz del sol y Dominique Desvoroux miraba a lo lejos el templo de *Luxor*. Esperaba que Vossier gestionara una visita con un guía a las cámaras dentro del templo, específicamente a una que le llamaba la atención desde hace tiempo por algunos sueños lúcidos que había tenido, la cámara del *santuario de la barca*. Sentía que ahí estaba la clave del gran viaje que se avecinaba. Dominique tenía el íntimo anhelo de ser la elegida para una abducción. Su seguridad se basaba en los cuentos de su madre acerca de su propia abducción y su embarazo, y la promesa que le habían hecho de que volverían por el fruto de esa unión, la propia Dominique.

- Ya nos asignaron un guía. Me dijo que nos explicarían todo el ritual.

- Sebastián, no nos estaremos desviando de lo que vinimos a hacer.

- No te preocupes, estoy seguro que si tú aclaras tus visiones, algo nos conducirá al encuentro con los que están tras la huella del profeta muerto y creo que estaremos también muy cerca de lo que quiere saber el Vaticano.

- ¿Pero de qué lado estamos?...

- Somos científicos querida, estamos del lado de la verdad.

- Sr. Vossier... señorita... mi nombre es Yusseff Ramhzi, yo los llevaré a través de las cámaras del templo.

- Queremos que nos cuente del santuario de la barca y del ritual del que es objeto.

Caminaron cerca de media hora por las cámaras del Templo de Luxor, ensimismados por la belleza e intimidad de los espacios. A pesar de la monumentalidad de la arquitectura, todo tenía una escala humana que simplificaba lo que Yusseff les iba explicando. Cuando llegaron a la cámara del santuario de la barca, les comentó acerca del ritual de la navegación hacia la vida eterna de los faraones y les habló de *"Jonsu"*, el dios lunar que atravesaba los cielos, conocido también como "el viajero". Dominique recordó el nombre de la voz delirante de su madre. Ella hablaba de *Jonsu*, el que atravesaría los cielos para volver por ella. ¿Sabría su madre tanto de mitología egipcia como para inventar semejante historia?...

- También está el templo de *Mut*, esposa de *Amon Ra*, y la madre infértil que adopta a *Jonsu*, conformando la armonía cósmica y augurando la renovación en la rivera del Nilo, aparejado a las subidas del agua. *Ra* era el dios del Sol y *Jonsu* representaba las mareas de la luna y en concordancia, en la relación trinitaria con *Mut*, eran muy productivos...- acotaba Yusseff.

- Te hace sentido esta historia...- murmuraba Vossier a los oídos de Dominique.

- Si me hace sentido y ya he escuchado estos nombres en el pasado y en mis sueños.

-... el ritual era un viaje que se hacía desde el templo de *Karnac* que está en la otra rivera del Nilo, en la barca que transportaba la imagen de *Amón Ra* hasta Luxor, asemejando el nacimiento, apogeo y muerte del sol, y su paso por el valle de los muertos, representado por la noche, en un ciclo perfecto y eterno.- seguía como una máquina discursando el guía.

- Y la barca, ¿hay alguna réplica?...- preguntó la mujer.

- Aquí no, hay una en la pirámide de Keops.

- Debemos ir allá, ese es el lugar. Allá encontraremos lo que buscamos.- dijo la mujer.

El viaje de *Luxor* al Cairo en avión era de poco menos de una hora. Desvoroux estuvo nerviosa y en silencio durante el trayecto. Vossier chequeaba la carpeta enviada por el Vaticano, tratando de encontrar algún nexo con todo esto. El salto evolutivo era un tema complejo, pero real. No podíamos creer solo en coincidencias. Dimensiones paralelas, los agujeros negros, la posibilidad de viajes a través de portales del tiempo, todo podía tener, en su cara oculta, una intervención de otro mundo, ya fuera divina o exterior. Y estaba este cuento del viajero, de la barca, del ritual que significaba renovación de este ciclo eterno. Las ideas giraban en su cabeza en un intenso torbellino.

- ¿Qué te pasa?... estás muy callada.

- Nada importante, solo tengo una sensación extraña acerca de lo que nos espera.

- Yo siento que todo caerá por su propio peso. No fue casual la petición del Vaticano, ni tampoco mis investigaciones han sido en vano. Creo que estamos llegando a un punto relevante de nuestras vidas. Algo grande se avecina.

- Ya lo sé.

En el Cairo, los recibió un día nublado, un viento espeso hizo del aterrizaje una pequeña odisea, con muchos sube y baja, antes de tocar suelo firme. Tanto que las manos de los amantes científicos se apretaron la una a la otra en señal de compañía protectora, tan solo como una ilusión, ya que únicamente la conducción experta del piloto, los llevó a su destino. O quizá fue una fuerza mucho más poderosa…

Desde el aeropuerto tomaron un taxi hacia el centro de la ciudad. Vossier había llamado a un número que tenía de la oficina del Vaticano que le había pedido el estudio de la evolución humana y sus saltos, hace unas semanas atrás. Tenía además un correo electrónico, al que también envió un mensaje para poder contactar al sacerdote Di Sostri. Por ambos medios, recibió respuestas, pero no concordaban del todo. Una le decía que se presentara en un lujoso hotel del centro, ante el Cardenal De Souza, que se encontraba en el Cairo en estos momentos y estaba al tanto de estas materias. Y por correo se le notificó que el padre Gian Luca Di Sostri se encontraba alojado en otro hotel más modesto. Vossier siguió sus instintos y decidió rápido.

- Dominique, esta es la dirección del hotel de Di Sostri, bájate aquí, es una cuadra más allá según el GPS de mi *notebook*, anda con él y cuéntale del mensaje que recibimos a través de mi sobrino Antoine, de nuestras investigaciones y de tus sueños y visiones. Yo debo ver a otra persona.

- ¿A quién?

- Un cardenal del Vaticano.

- Pero ¿por qué no ir los dos a ambos encuentros?

- Porque presiento que hay intereses distintos en cada uno, y creo que la Iglesia está dividida en este asunto. Tú debes seguir el mensaje y yo debo saber que hay detrás del trabajo que nos asignaron.

- Mi amor, no te hagas el héroe, te necesito.

Por primera vez Vossier sintió que entre él y su colega, había algo más que pasión carnal y atracción intelectual. Sintió ternura, verdadera preocupación y un sentimiento profundo de amor.

- No te preocupes. Yo te encontraré luego. Mantén tu celular a mano.

Ella bajó y lo miró con una pequeña sonrisa en los labios como sabiéndose correspondida en sus sentimientos, y se dirigió luego al encuentro de Di Sostri. Él siguió su trayecto seguro de lo que hacía.

Cuando llegó al hotel se sintió a salvo. Preguntó por el sacerdote Di Sostri, pero le dijeron que en este momento no se encontraba en su habitación, sin embargo, un hombre trabajaba en el hall, haciendo un informe en su computador y levantó su mirada para ver quién preguntaba por el padre Gian Luca. Esperó unos segundos hasta que ella se sentó cerca de él y le dirigió la palabra.

- ¿Busca usted a Gian Luca Di Sostri?

- Sí, ¿lo conoce?

- Trabajo con él, mi nombre es Ronald Schaffer. También lo estoy esperando.

- ¿Volverá luego?

- Hablé hace unos minutos con él y venía para acá… y usted ¿lo conoce?…- inquirió el psiquiatra.

- No.

Di Sostri cruzó la mampara del acceso al edificio conjuntamente con nosotros. Veníamos contrariados con la desaparición del Lopo y la conversación con Wallcott, sin saber qué hacer. Algo sucedió cuando vio a Dominique Desvoroux que le llamó la atención. Y luego vio levantarse junto a ella a Schaffer que lo llamó:

- Padre, tiene visita. La señorita lo espera. Y tenemos que hablar ya que esta tarde me voy a Roma.

- Padre Di Sostri, mi nombre es Dominique Desvoroux y debo hablar en privado con usted.- dijo con determinación.

- Perdón, ¿la conozco de antes?... creo haberla vis…

- No padre, no me conoce, ni yo a usted.

- ¿Qué sucede?... ¿en qué puedo ayudarla?- preguntó intuyendo que esto podía tener que ver con lo que estaba sucediendo.

- Es algo confidencial.- dijo mirándonos a mí, Francesca y Schaffer, que permanecíamos atentos a lo que conversaban.

- Srta. Copolla y Sr. Mori, ¿podrían esperar aquí un momento?... ah, Ronald, tú también, debo pedirte un favor.

- No se preocupe padre, creo que debemos ir a nuestro hotel a ver si Leopoldo a aparecido. Le llamaremos luego.

- Bueno, aquí estaré esperando sus noticias, hablaré con la señorita y luego resolveré unos asuntos con Schaffer.

- *OK*, yo le espero aquí, terminaré los informes y luego hablamos.- agregó el doctor.

Di Sostri pensó en hacer pasar a Desvoroux a su habitación del hotel, sin embargo, prefirió una de las terrazas del edificio, al aire libre, pero protegida por la sombra fresca de un techo de lona. Era una terraza interior que no tenía el ruido molesto del tráfico, de la otra terraza más abierta y concurrida del edificio.

- ¿Dígame usted en qué puedo ayudarla?

- La verdad no lo sé. Vengo por un mandato… ¿El nombre de Al Habi Rushdie le dice algo?

- Sí, por él estoy en el Cairo.- dijo con la tranquilidad que le daba la confianza en aquella mujer de ojos azules.

- Bueno, él nos mandó a buscarlo a usted aquí.

- ¿Nos mandó?

- Sí, vine con otra persona. Somos científicos. Hace unos días, el propio Vaticano nos encomendó una tarea de investigación genética y evolutiva, pero las cosas tomaron un rumbo extraño, hasta que este hombre se manifestó.

- ¿Al Habi?... ¿qué tiene que ver con genética y evolución?...

- No sabemos, pero así fueron las cosas.

- ¿Y su colega dónde está ahora?

- Bueno, él me dejó cerca de su hotel porque nos dieron su ubicación, pero también desde el Vaticano nos pidieron contactar a un Cardenal... De Souza, creo.

- ¿El Cardenal De Souza está también en el Cairo?

- Así nos informaron.

- Bueno, ¿y para qué necesitaban contactarse conmigo?

- El profeta nos pidió encontrarlo y contarle de mis sueños, y de otros eventos parapsicológicos que investigamos.

Di Sostri se acomodó en su silla con suma curiosidad.

- ¿Sus sueños?

- No sé por dónde empezar...

- ¿Cuénteme sus sueños?

- Padre Di Sostri, mi madre solía hablar de haber sido abducida e inseminada por seres exteriores, y que yo era el fruto de esos encuentros, y mis sueños y visiones lúcidas, de una u otra forma, lo corroboran. Con mi colega hemos estudiado otros casos de posibles "intervenciones" que han provocado saltos evolutivos, dones increíbles, principalmente en niños, que han predicho eventos naturales y catastróficos, o han tenido visiones como yo, con extremada certeza. Sé que es difícil de creer para usted…

- Srta. Desvoroux… ¿usted sabe qué trabajo hago yo para el Vaticano?...

- No, no sé nada de usted.

- Verifico milagros e investigo charlatanes religiosos…

- ¿Al Habi Rushdie?...

- Creo que él está en la categoría de milagros… pero ¿qué espera de mí?

- Él nos dijo que usted sabría que es tiempo de los "naturales".

Di Sostri sintió que esto era algo más allá de sus capacidades, y sabía además que su misión estaba sobre lo indicado por su superior Mac Corney, sin poder echar pie atrás. Sin embargo, sintió que debía informar lo acontecido a su mentor en esto.

- Srta. Desvoroux… yo no tengo las respuestas, pero quiero que conozca a las personas con las cuales me vio llegar. Y decirle también que el hombre en cuestión, Al Habi Rushdie, está muerto…

- Oímos las noticias, pero él nos habló después de eso a través de un niño en Paris, ayer en la mañana.

- ¿Cómo fue eso?

- Un niño con capacidades, sobrino de mi colega, nos habló casi como un médium, con voz adulta de acento árabe.

- Srta. Desvoroux, ¿puedo llamarla Dominique?...

- Sí, padre.

- Estamos en una misión, encomendados por este hombre, de la misma manera que se les encomendó a ustedes, pero no sabemos el rumbo…

- El rumbo es hacia un nuevo mundo…

- ¿Cómo dice?...

- Mis sueños dicen que hay otros mundos y que viviremos en ellos.- dijo convencida la mujer, en el momento que su celular sonó …

Capítulo XVIII: La trampa.

Sebastien Vossier entró al *Pyramisa Suites Hotel* admirando la belleza monumental del hall de la construcción. Aunque estaba en pleno centro y se accedía por calles no tan grandes, era enorme y lujoso. Entendía que un Cardenal del Vaticano no se alojaría en cualquier parte, pero sentía que era mucha la opulencia para un mundo tan desigual. Esas eran las cosas que lo alejaban de la Iglesia, pues si creía en algún ente espiritual y superior, nada tenía que ver con esto.

Preguntó por el Cardenal De Souza en la recepción. El Conserje lo miró con asombro.

- ¿Cardenal De Souza?

- Sí

- No creo que haya un Cardenal aquí y yo no lo sepa. ¿Sabe la habitación?

- No. Me dijeron que estaba alojado aquí y que debía contactarme con… ¡ah!… sí, tengo el nombre de su asesor, quizá está alojado bajo este nombre.- le dijo extendiendo un papel.

- Padre Joseph Mukomo… a ver… si efectivamente está alojado aquí. Habitación 422… ¿a quién anuncio?- preguntó luego de haber chequeado en el computador y levantar el auricular del citófono.

- Sebastien Vossier.

- Sr. Mukomo. Hay un caballero, el Sr. Vossier, que lo busca aquí abajo… está bien.- dijo luego de unos segundos y recibir una aprobación.- dice que pase.

Vossier entró al mismo ascensor desde el cual salía El Lopo. Por un segundo cruzaron las miradas, pero cada cual siguió su curso concentrados en sus pensamientos. Vossier extrañado que un Cardenal de alta envestidura no se registrara con su nombre, y Leopoldo Varas, dudando de cada idea que se le cruzaba por su mente. Se sentía como Judas el día de la traición, sin saber cuál era el camino correcto y sabiendo que no cra leal ni a Dios ni al César.

Antes que Vossier llegara al cuarto de los religiosos, estos conversaban de sus temores.

- Padre Mukomo, tenemos un problema. No estoy seguro de que el padre Leopoldo cumpla a cabalidad nuestra petición. Creo que deberá usted seguirlo…

- No creo que yo sea el indicado. Él y todos sus amigos me conocen, y me dan por muerto.

- Cierto. ¿No tenemos a alguien que pueda hacer el trabajo?

- Veré que puedo hacer, señor. ¿Y qué hacemos con nuestro nuevo visitante?...

- Yo lo atenderé. Hace unas semanas le envié una petición y ahora espero tener respuestas. Creo que el tiempo se nos acaba y debemos saber lo necesario para encontrar el lugar y la fecha que buscamos.

Vossier tocó la puerta y Mukomo le abrió.

- Adelante, el Cardenal lo espera.

- Buenas tardes, padre, Gracias.- dijo mirando la habitación con suspicacia.

- Sr. Sebastien Vossier, un gusto tener noticias suyas de cuerpo presente, la verdad pensé que solo tendría su reporte investigativo en mi escritorio, y jamás pensé que lo recibiría aquí en el Cairo.- dijo una voz ansiosa desde el otro lado de la habitación.

- Bueno, yo tampoco salgo mucho de mi laboratorio, pero ésta es una ocasión especial que amerita el viaje.- dijo casi sin ver la cara de su interlocutor por el sol que se colaba por el ventanal trasero a la silueta parlante.

- Permiso, yo los dejo, debo hacer otras cosas.- manifestó Mukomo con una mirada cómplice, dando a entender que sabía que la conversación era privada, secreta.

- Vaya con Dios.- dijo De Souza dando una bendición con la mano.

Mukomo cerró la puerta tras de sí y los hombres quedaron cara a cara. Esta vez Vossier avanzó en diagonal hacia un sofá, evitando el resplandor para poder ver mejor el rostro del Cardenal.

- Tome asiento. ¿Qué puede decirme de este asunto?...
- Padre De Souza. ¿Qué quiere que le diga?
- Lo que su mente científica sabe sin la mirada de la fe.
- ¿Por eso confiaron en nosotros y no en los científicos creyentes y de confianza que deben tener en el Vaticano?...
- Por supuesto, Sr. Vossier. Nuestros científicos buscan con la mirada de quien busca a Dios en las cosas, y para este asunto necesitábamos gente que no se espantara de lo que encontrara…
- ¿Y quiere saber qué he encontrado?
- ¿Ha encontrado algo?

- Sí… si su pregunta es si hay intervención de terceros en la evolución humana, debo decir que hay cosas que no podemos explicar de otra manera. Sabemos que el cerebro humano es una estructura compleja que no usamos en toda su magnitud, ni siquiera al 5%, sin embargo, de un tiempo a esta parte, han aparecido casos extraordinarios por todos los rincones del mundo, de personas incluso sin educación y de sectores marginados, con habilidades asombrosas. Yo he seguido muchos casos de forma bastante rigurosa y prolongada. Y también hay momentos de la historia humana, de civilizaciones antiguas, que han surgido de la nada con avances notables en astronomía, medicina, matemáticas, que aún no sabemos con certeza de donde lo aprendieron tan rápidamente. Recién a finales del siglo pasado hemos tenido la certeza, con el progreso tecnológico, de cosas que ya se sabían de mucho antes de una forma casi mágica. Yo puedo decirle con muchas pruebas que hay personas que dominan la telepatía, la predicción a través de actividad onírica, y otros talentos especiales, sin ninguna preparación, de forma espontánea y sin que incluso ellos puedan explicarlo, y esos dones, no puedo decir si son regalos de Dios o de otros entes que aún no conocemos.

- Pero realmente tiene pruebas de otros seres interviniendo…

- Cardenal, ustedes a través de la Iglesia, tienen bastante material acumulado de hechos milagrosos e inexplicable de personas que no profesan religión alguna, y se han encargado en el pasado de esconder evidencia contraria a sus dogmas.

- ¿No sé a qué se refiere?

- Solo le digo lo siguiente: ¿Jesús es el único que ha curado gente con sus manos o con su palabra, a través de los siglos?... pues, no, hay cientos de casos de santos, chamanes, de brujos y hoy en día de médicos alternativos que han curado los más extraños males solo con la imposición de manos y con palabras invocadoras, y no necesariamente religiosas.

- La Iglesia no descarta los milagros de hombres santos…

- No hablo de hombres santos, hablo de hombres aparentemente comunes…

- Noto cierta agresividad en sus palabras…

- Perdón Cardenal De Souza, no quiero ofender su fe, solamente digo que hay algo diferente en muchos casos a lo religioso. Y yo, como científico, estoy más cercano a creer que hay seres evolucionados que nos han dado una ayudita a través de la historia, mostrándonos conocimientos y manifestándonos que algo anda mal en nuestra tierra…

- ¿Cómo es eso?

- Muchos casos que he investigado anticipan eventos naturales desastrosos que han ocurrido como terremotos, erupciones volcánicas e inundaciones. Incluso niños inocentes sin mayor conciencia, en sueños, en dibujos, de muchas y certeras formas lo han hecho… puede ver algunos casos increíbles en mi informe.- dijo extendiendo un *pen drive* al Cardenal.

- ¿Algo más que quiera agregar?...

Vossier pensó un minuto.

- Sí, Cardenal. ¿Ha oído usted de Al Habi Rushdie?...

De Souza se sorprendió. Pero reaccionó rápido.

- Sí, un fanático que fue baleado aquí en Egipto… lo vi por las noticias.

- A mí me dijeron que era un profeta, un mensajero…

- No conozco el caso, pero ¿qué tiene que ver con todo esto?- mintió.

- Mucho. Su mensaje apunta a la misma dirección de lo que hemos estado hablando. Anuncia los últimos días…

- ¿Qué dice?...

- Cardenal… otra pregunta… ¿conoce usted al padre Gian Luca Sostri?

- No.- volvió a mentir, con un escalofrío que le recorría la espalda.

- Es que me dieron su nombre para encontrarlo aquí en el Cairo, y también es un personero del Vaticano. Pensé que trabajaría con usted.

- ¿Si quiere puedo averiguar?- dijo tratando de ganarse la confianza del científico y algo más de tiempo para poder sacarle información.

- No gracias, creo que él también me anda buscando y debo encontrarme con otra persona de inmediato. Espero que mi informe le sirva para sus propósitos.

- ¿Quiere saber por qué se los pedí?

- Bueno, supongo que es porque sabe algo que no me ha dicho y que quizá no deba decirme.

- Sr. Vossier. Quizá deba usted saber que hay ciertos indicios de que seremos visitados y la Iglesia debe ser un intermediario válido y preferente cuando los acontecimientos sean inminentes.

- ¿Visitados?

- ¿Quiere unirse?... le ofrezco una posición privilegiada, necesitamos gente preparada.

- ¿Unirse a qué?

- Ha escuchado usted en su mente agnóstica acerca de la segunda venida de Nuestro Señor Jesucristo…

- No soy agnóstico, fui criado en el catolicismo, pero se me hizo una doctrina distante y soy más bien un científico

escéptico, una especie de Santo Tomás, que necesita ver para creer.
Y si he escuchado de eso.

- Pues quizá ha llegado el momento.

- Con mayor razón, debo partir. Si Jesús vuelve a esta tierra, estoy seguro preferiría a los que se preocupan de los que aman y siguen su corazón.- dijo convencido de que las respuestas no estaban con el Cardenal.

- Sr. Vossier… no se vaya… debe usted saber algo antes de tomar su decisión…

Capítulo XIX: Horas de las sombras.

Mientras camino raudo hacia el hotel, pienso en lo extraño de todo esto. Hace unos días, poco más de una semana, venía a reportear a un hombre misterioso, pero todo se ha complicado más de la cuenta. Dudo de mi contacto, El Lopo. Tengo la mente atiborrada de información compleja y confusa... hasta dudo de Ernesto, mi jefe. Pienso en las singulares circunstancias en que conocí a Francesca, que camina a mi lado sin perderme pisada, va muy callada, que pensará... ¿será todo una trampa?... ¿me estarán utilizando para llegar a Al Habi?... ¿realmente estaba muerto ese hombre?... Wallcott, de quien más desconfié en un principio, ahora me parece el hombre más claro en sus intenciones. Acaso ¿Podía ser yo tan importante en todo este asunto?... ¿estoy realmente metido en una misión más grande de lo que puedo llevar en mis hombros?... ¡No!, no puede ser, soy un simple reportero chileno y tengo una hija que aguarda mi vuelta pronta.

- ¿En qué piensas?- me interrumpió Francesca, tocando mi mano con la suya, levemente en el vaivén de la caminata presurosa.

- ¿En todo?... estoy un poco agobiado.

- Debemos encontrar al Lopo.

- ¿Debemos?

- Sí, claro. Ojalá esté en el hotel y pueda decirnos en qué andaba que desapareció sin decir nada.

- La verdad yo quiero aclarar una cosa: saber qué realmente pasó con Al Habi y qué pretende conseguir cada uno de los que están en esto, dentro de todo este alboroto.

- ¿Por qué dices eso?

- Francesca, no lo tomes a mal, pero no te parece que estamos en una situación muy anormal. Mira, el hombre al cual yo vine a hacer el reportaje está muerto. Mi contacto parece ocultar algo. Tú y tus amigos me usaron para llegar a Al Habi, y todavía no sé para qué. Di Sostri aparece como el Espíritu Santo y me impone una misión que debemos seguir. El asesino ha muerto y resucitado como dos veces. Y la verdad yo solo quiero tener la certeza de que podré estar pronto con mi hija.

- Daniel, ¿por qué actúas así?, para mí tampoco ha sido fácil todo esto- dijo agitada por lo rápido que íbamos.

- ¡Dime entonces!... ¿qué es lo que buscas?...

- Al Habi me habló y me hizo una promesa que yo entonces no supe interpretar. Luego de eso, sucedieron cosas y no volvió a comunicarse conmigo.

- ¿Qué te dijo?... ¿qué promesa?...

- Me habló de una vida nueva, de un nuevo mundo más simple y original. Yo era una soñadora recién reclutada por *Greenpeace*, y para mí, en ese momento, fue un llamado a ser agresivos en nuestra lucha contra los poderes fácticos que tienen a nuestro planeta al borde del colapso. Les conté a Mika y Rodrigo lo que me comunicó el profeta y fuimos tras de él para que se uniera a la causa. Lo encontramos, le expresamos nuestras ideas, pero él se nos escabulló. Nos dijo que no era su camino y nunca más me habló, sin embargo yo no pude olvidar sus palabras…

- ¿Qué palabras?

- "El nuevo mundo habita en nosotros y cada uno únicamente podrá habitarlo cuando limpie su alma."

- Una frase cliché de un profeta muerto.- dije con una ironía desesperanzada.

- No es así. Ahora sé que su promesa era cierta.- dijo mirándome con sus ojos de gata.

- ¿Cómo es eso?

- Lo único real de todo esto eres tú. Haberte conocido y tener la certeza que mi futuro está contigo.

- ¿Conmigo?... ¿qué futuro si no sé ni dónde estoy parado?- dije con la torpeza de un adolescente asustado ante una mujer decidida.

Ella me tomó por sorpresa y me besó interrumpiendo mi estupidez. Estábamos en medio de la estrecha vereda, a unos metros de la entrada de nuestro hotel, y por un momento todo el tráfico de gente a nuestro alrededor se hizo invisible. Mis dudas respecto a ella se disiparon y comprendí que solo era miedo a amar.

Mientras la besaba, mis ojos permanecían románticamente cerrados, pero sentí una presencia y los abrí para ver al Lopo al otro lado de la calle, mirándonos sin saber qué hacer. Susurré en el oído de Francesca.

- Actúa natural, no hagas preguntas. Déjame hablar a mí.

- ¿Qué?

- ¡Lopo!, cruza amigo… ¿dónde te habías metido?- grité para que me escuchara entre el tumulto, a pesar que bastaba con que siguiera mirándome como lo hacía. Por un segundo bajó la mirada y pensé que huiría, pero no. Cruzó de prisa evitando el tráfico.

- Amigos, debo hablar seriamente con ustedes.

Entramos al hotel y fuimos a mi habitación. Su rostro trasmitía una aflicción profunda. Se mantuvo callado a mis preguntas.

- Wallcott no cree en que hayas visto disparar a Mukomo.

- Ni yo lo creí.

- ¿Qué te pasa?- interrogué captando su estado de ánimo, confuso y dolido.

- Me siento vacío. Nada es lo que parece finalmente.

- ¿A dónde estuviste?

- Fui a ver a un antiguo amigo de la orden. Un superior jerárquico en quien confiaba. Todo esto de Al Habi me ha dejado muy desolado. Necesitaba hablar con alguien con más fe que yo.

- Pero parece que no te hizo muy bien.

- No, las dudas se acrecientan.

- Lopo, fuimos con Wallcott y tú desapareciste, cuando eras el principal testigo del asesinato de Rushdie. ¿Realmente era Mukomo el hombre que disparó?...

- Sí, lo era.

- ¿Y el cuerpo?... ¿qué viste realmente?... ¿cómo pudo haber desparecido?...

- Daniel, no sé qué decirte.

- Pero Leopoldo… con tu testimonio podríamos haber ayudado a liberar a Mika y el andaluz. Wallcott se mostró duro y nos enrostró no tener pruebas de lo que decíamos.- agregó Francesca.

- Esto va más allá de lo que pensamos. Al Habi no es más que un mensajero. Hay cosas ocultas en todo esto.

- Mira, Lopo, no me enredes más. Yo también tengo mis dudas y solo quiero terminar con mi trabajo.

- No Daniel. Tú debes continuar hasta el final en este asunto. Debemos llegar al final de la historia y entender el verdadero mensaje del maestro.

- ¿Y qué haremos?

- Debemos reunirnos con Di Sostri… ¿Dónde está?

- En su hotel. Tenía asuntos que resolver y una visita, una mujer. Se quedó con ella mientras nosotros vinimos a saber algo de ti… realmente nos tenías preocupados.

- ¿Visita?...

- Sí… ¿por qué te sorprendes?

- Bueno. Ya nada me sorprende este día… sabes Francesca, creo que Mikael y Rodrigo nunca fueron sinceros en lo que buscaban tras la huella de Rushdie. Yo creo que de alguna manera son culpables en todo esto. A mí nunca me dieron la confianza. Recuerda que tanto a ti como a mí, el maestro nos habló y luego dejó de hacerlo justo cuando ellos más influenciaban nuestras acciones.

- No entiendo de que hablan.-

- Daniel Mori, un pobre periodista ingenuo que no alcanza a ver la maldad en los ojos de las personas.

- No creas, ya estoy aprendiendo a sospechar de todos.

- Mira. Mikael y el andaluz nunca fueron blancas palomas. De hecho, Mikael Kass se introdujo en importante redes del Pentágono, de la NASA y del mismísimo Vaticano, y lo que descubrió de Al Habi Rushdie, tenía que ver con que todos estaban tras sus pasos, siguiendo muy de cerca hacia donde iban. Es más, y la italiana lo sabe, Rodrigo De las Cuevas, el andaluz, fue detenido por la policía española por atentados en el metro, luego del ataque a Irak, y dicen que fue descubierto en sus nexos por un aviso misterioso, que dicen hizo Servando Martín de Agüero, o Al Habi Rushdie, como prefieras decirle.

- No es exactamente como tú dices.- replicó Francesca.- el andaluz fue dejado en libertad por falta de méritos, no pudieron comprobar nada en su contra. Y Mikael…

- Mikael fue tu amante en esa época y no vas a hablar mal de él. Pero bueno, dejemos que es un idealista con mucha información que nadie quiere que se sepa.

- ¿Mika fue tu amante?- pregunté un tanto celoso.

- Sí, pero pronto nos dimos cuenta que fue una atracción momentánea y que era mejor ser amigos y hermanos de causa. En todo caso, su información y el interés en Al Habi era porque hablaba cosas en las que creíamos profundamente. Este planeta está sucio porque no hemos sabido cuidarlo.

- Saben. Todo esto me marea. No quiero saber más. Vamos con Di Sostri y si no hay un rumbo definido en "esta misión", yo volveré a Chile.

- Si todo fuera tan fácil yo volvería con Salayia en Kenya, pero no es así.

- Vamos Daniel, tienes razón, hay que ir donde Di Sostri.

Capítulo XX: La hora de la luz.

Dominique Desvoroux contestó su teléfono móvil. Di Sostri entendía que era una llamada importante. Todo parecía doblar la última curva. Quería que Mori llegara pronto, ojala con el Lopo, para completar las fichas de este complicado puzle. Sentía que Al Habi de un momento a otro se comunicaría de alguna forma. Estaba atento a lo que pasara.

- ¿Sebastien?

- Dominique ¿encontraste al sacerdote?

- Estoy con él.

- Está bien, tengo información importante, espéreme allí.

- ¿Qué sucede?... te escucho un poco agitado.

- No te preocupes, pronto estaré allá y les contaré. Creo que hemos estado en el camino correcto en todas nuestras teorías.

- Está bien, te esperamos.

Luego de preguntar al conserje, entramos a la terracita interior buscando al sacerdote. Encontré los ojos de Di Sostri. Me miró con un signo de interrogación en su cara, esperando que le dijera algo del Lopo, que venía a mis espaldas. Yo, a su vez, observé con mayor detenimiento a la señorita Desvoroux a medida que me acercaba a la mesa donde estaban sentados. Sin embargo, fue Francesca quien habló primero.

- Padre Di Sostri, tenemos que hablar en privado.

- ¿Algún problema?

- No padre, creo que Leopoldo debe decirle algo.- dijo casi empujando con su aseveración al ex misionero.

- Bueno, vamos a mi habitación si quiere… ah, Daniel, creo que será interesante que hables con la señorita Desvoroux para que te convenzas de nuestra misión.

- Hola, mi nombre es Francesca.- se acercó amistosa a romper el hielo con la mujer.

- Me pueden llamar Dominique.- dijo mirándonos a ambos.

Nos sentamos y ella, casi sin mayores preámbulos, nos empezó a hablar de su situación, de sus investigaciones por años y de los últimos acontecimientos ocurridos en su trayecto hasta El Cairo. Todo lo que nos contó me hizo repensar la situación. Sentía que de una u otra manera, muchas personas estábamos confluyendo al llamado de Al Habi. De todas formas me invadía la duda… ¿qué tengo yo que ver en todo esto?...

Di Sostri entró primero a la habitación y Leopoldo Varas lo siguió como si fuera un hombre de menor categoría. Su actitud era de total humildad y algo de culpa. Con amabilidad, Di Sostri lo convido a sentarse. De una u otra forma, parecía una confesión.

- Padre, estoy en una encrucijada. Yo hace un tiempo fui misionero y fue entonces que conocí al maestro…

- Te refieres a Al Habi.

- Sí. De una u otra forma cambió mi forma de ver la fe. Traicioné mi orden, me mostró el amor e hizo que mis prioridades cambiaran, aún contra mi creencia más profunda, que quiso mantenerse fiel.

- ¿Dejaste el hábito?

- No del todo.

- ¿Cómo es eso?

- Mis superiores me encomendaron una tarea que yo creí también muy necesaria. Seguí los pasos de Al Habi, traté de ganarme su confianza, para mantenerlo vigilado y saber sus verdaderas intenciones.

Di Sostri sentía similitudes entre el hombre de barba y aspecto triste, que se le estaba abriendo de par en par, y su historia ligada a Al Habi Rushdie, desde el milagro aquel.

- Continúe.

-...sin embargo, él dejó de hablarme, seguramente porque descubrió mis intenciones, pero eso no es lo importante. Al Habi Rushdie trae una enorme noticia a nuestra era. Algo que tiene que ver con visitas extraterrenas y El Vaticano, y mis superiores, están al tanto.

- ¿Quién es su superior?- dijo Di Sostri casi sin sorprenderse de tamaña revelación.

- El Cardenal Víctor de Souza.

- Yo lo conozco.

- Lo sé. Y él también muy bien a usted.

- ¿Qué quieres decir?

- Saben de su caso, de su sorprendente cura a manos de un niño egipcio que conocemos...

- ¿Y por qué me cuentas todo esto ahora?... ¿cómo puedo saber que no continúas con tu tarea secreta?...

- Porque creo que Al Habi está con usted y con Mori. Y yo sé que este es tiempo de los naturales y no de los poderosos.

- ¿Cómo lo sabes?

- Lo siento en mi corazón.

Mientras los dos hombres conversaban. Sebastien Vossier arribó al hotel y llamando al celular de Dominique, se encontró con ella, Francesca y yo. A esas alturas, ya conocíamos las historias de los otros y cómo, de una u otra manera, habíamos sido reunidos en el Cairo para descubrir la verdad.

Al verlo, Dominique corrió a sus brazos y estuvo a punto de llorar, pues había temido por la integridad de su amante. Luego, tomado de su brazo nos presentó.

- Él es Daniel Mori, es un periodista chileno que está haciendo un reportaje de todo esto y que también fue contactado como nosotros por Al Habi Rushdie.

- Mucho gusto, Doctor Vossier.

- Y ella es Francesca Copolla, y también ha recibido mensajes del profeta. Ellos presenciaron el atentado y están, como nosotros, bastante confundidos con la situación.

- Un placer conocerlos, no quiero ser descortés, pero debo hablar cuanto antes con el padre Gian Luca Di Sostri. Lo que tengo que decirle es urgente.

Por su espalda, en ese instante, y casi por acto de magia o telepatía, Di Sostri apareció acompañado de Leopoldo Varas. Vossier y El Lopo cruzaron miradas y comentaron.

- ¿No nos habíamos visto ya?

- Sí, creo haberlo visto en el *Pyramisa Suites Hotel*, hoy en la mañana.

- Perdón, pero debo hablar con usted, padre.

- No mi señor. Todos debemos hablar de este asunto. Todos tenemos información que nos lleva a una misma parte. Debemos descubrir lo que Al Habi quiere de nosotros.

- Padre, no quiero ofender su fe, pero el Vaticano está jugando a dos bandas.- argumentó Vossier.

- Eso ya lo sé y no es lo más importante…

- Creo que sí, corremos el grave peligro que lleguen antes que nosotros a un lugar que ni siquiera conocemos…- contraatacó.

No es así, Sebastien. Ya lo conocemos.- acotó, casi en trance, Dominique.

Todos seguían atentamente las palabras que se iban develando. Sin embargo, faltaba una voz definitiva…

Mientras Dominique Desvoroux dice conocer el lugar, imágenes vienen a mi mente: Veo los ojos ingenuos de Natalia, esperando mi regreso, pero no está en Chile, la veo en la rivera del Nilo, cerca de un templo... veo una embarcación mediana que lleva un féretro sobre el agua tranquila del amanecer. Recuerdo las tres mujeres que esperaban a su hombre cerca de la pirámide de *Giza* y la luz embriagadora que lo hizo aparecer para llevárselas… una sensación de tranquilidad me embarga y, de pronto, escucho su voz clara en mi mente:

- Daniel, deben ir al templo de *Luxor*, la hora ha llegado.

- ¿Todos?- dije en voz alta sorprendiendo a los demás.

No hubo respuestas, pero si muchas preguntas.

- ¿Qué pasa Daniel?-

- Debemos ir a *Luxor*.

- Ese es el lugar.- dijo Desvoroux con una certeza llena de serenidad, y agregó:

- La hora ha llegado.

- Eso fue lo que me dijo recién Al Habi.- aclaré a todos, convenciéndome de las palabras escuchadas en mi interior.

- ¿Te dijo cuándo?- preguntó Di Sostri.

- Ahora, debemos partir.

El Lopo llamó diligentemente y pidió dos taxis calculando que uno no sería suficiente. En cosa de minutos, cuando todos ya estaban en el *hall* del hotel, el conserje les avisó de la llegada de los móviles. Francesca, Di Sostri y yo, subimos al primero, y Leopoldo se fue con Dominique y Vossier. El silencio acompañó los pensamientos de todos, y en el trayecto, cada uno de los que teníamos amor en nuestro corazón, lo expresamos a nuestras parejas, como si se nos fuera el tiempo de vivir.

¿Qué ruta misteriosa está tomando mi vida?... siguiendo voces de mi mente, de un profeta muerto y con este sentimiento de amor y desolación que me envuelve. Y con esta nostalgia de estar lejos de Natalia, y la silueta de Luciana desapareciendo de mi corazón dolido. Ahora me ilusiona la cercanía de Francesca, pienso que se llevaría bien con mi hija... ¡¿Qué pienso tanto?!... si no tengo idea de adónde voy realmente o si habrá un futuro para nosotros. Necesito que mis sueños se hagan realidad y despertar de esta pesadilla apocalíptica... ¿Será la verdad de Al Habi Rushdie una nueva oportunidad?...

Capítulo XXI: El cuarto oscuro.

Manfred De Will hacía mucho tiempo que seguía los pasos de eventos inexplicables que el Pentágono almacenaba en su bodega de secretos. Su puesto de permanente asesor de los sucesivos presidentes de los Estados Unidos, desde finales de los años setenta, lo mantenía al tanto de todas las situaciones difíciles que se habían suscitado desde el mentado caso *Rosswell*. Los numerosos avistamientos hechos por la Fuerza Aérea de los Estados Unidos, e incluso por el Apolo 11, y las pruebas irrefutables, que no habían sido reveladas para no causar conmoción, de que no estamos solos en el universo, habían hecho de él un hombre obsesivo del tema. Y en los últimos años, la señal inequívoca que nos estaban visitando cada vez con más urgencia, rondaba en su mente. Algo no se estaba haciendo bien y era claro que la información privilegiada, al menos daba una ventaja al momento de salvarse de la debacle mundial. Por eso quería ser de los primeros en contactarlos.

Desde hace unos meses además, había conocido a este extraño hombre, que hoy era su principal aliado. Un experto en ciencias ocultas, en manejo de los mensajes de la Biblia, del Corán y de lenguajes esotéricos como la Cábala y el Tarot, que le había abierto los ojos acerca de que el tiempo se nos estaba acabando y que el Juicio Final vendría de la mano de extraños visitantes. Sebu Afterbell escondía sus años tras una barba blanca y unos ojos negros profundos. Su figura grande y obesa lo hacían un ser imponente. Pero su voz era tenue, aunque muy envolvente.

- Manfred, creo que es necesario movernos, no por nada dejamos Washington, visitamos a nuestros amigos del Vaticano, y le insistí en venir a Egipto para esta fecha. Sabíamos que donde el profeta Al Habi terminara su misión era el lugar, y ya ha fallecido. Es la hora. Me he contactado con mis informantes y todos los actores están en su lugar. Todos sabíamos que las pirámides de *Giza* no eran cosa de este mundo, como tantos otros monumentos, signos de la presencia de los enviados. Debemos estar cerca para cuando aparezcan. Me han informado que precisamente en el templo de Luxor, mañana 12 de marzo de 2012, serán los primeros contactos. Hay psíquicos que me colaboran que coinciden en eso.

- Sebu, usted sabe que yo tengo mis métodos, y tengo información aún más exacta. Las luces se acercan a una velocidad que permiten saber que cerca de las 20:00 horas de mañana serán visibles.

- Por lo mismo debemos ir hacia allá.

- No se preocupe, desde hace varias semanas que nuestros hombres están trabajando en las afueras de la zona, preparando todo.

- Lo sé, pero debemos contactar a los seguidores del profeta. Ellos son la clave, a ellos contactarán los visi…

- Sí, no se preocupe. Es más, agentes especiales ya han robado el cuerpo y lo han llevado a la zona, tal cual usted nos pidió.- interrumpió De Will mostrándose siempre adelantado a las circunstancias.

- Sí, pero además necesitamos a los otros. Algo hay en ellos que han sido elegidos.

- ¿Y qué haremos para tenerlos de nuestro lado?

- No se preocupe, De Will, yo acostumbro a lidiar con gente que no confía en mí. Y generalmente terminan de mi lado.- afirmó con sus ojos inexpresivos y sin brillo.

- Sabe, creo que es hora de llamar al Cardenal De Souza y a Mukomo. Ellos deben tener información más precisa del paradero de Mori y Di Sostri.

- ¿Y no podemos usar al agente Wallcott también?- inquirió Sebu Afterbell.

- No creo, es un hombre que solo sigue los intereses del Estado. Es demasiado fiel a su país y por lo mismo, no es de fiar. Por eso lo he mandado a casa, pues ya estaba dudando de todo esto.

- Manfred, usted no sabe guiar a las ovejas descarriadas.

- ¿Alguna idea, maestro?

- Por cierto, creo que debemos lanzarle una última carnada a ese perro...

Capítulo XXII: Los invitados de piedra.

- Señor, los hombres están aquí.

- Morris, hágalos pasar y asegúrese que nadie me moleste. Y permanezca cerca que, quizá, luego lo necesite.

- Por supuesto, señor.

¿Sería el agente Morris realmente fiel?... se preguntaba Wallcott mientras esperaba la entrada de Mika y el andaluz. Estaba seguro que ellos sabían cosas para desenredar esta madeja y había decidido averiguarlo.

Mikael Kass entró receloso. Sabía que Wallcott no les llamaba sin una doble intensión. El andaluz tenía el semblante hosco de quien está adoctrinado para aguantar la mano dura de la represión.

- Señores, no voy a ir con rodeos... estoy en una encrucijada y ustedes tiene seguramente información importante al respecto. ¿Saben que Rushdie está muerto?

- Las noticias corren rápido dentro de estas paredes, aunque nadie quiera reconocerlo.

- Bueno, supongo que lo lamentan.

- ¿Qué quiere Wallcott?

El andaluz permanecía en silencio mientras los otros hombres dialogaban.

- Muchachos, está llegando un tiempo de incertidumbre, donde mi información es insuficiente e insatisfactoria. Mis superiores me han confiado que Al Habi Rushdie no es importante, luego de más de diez años persiguiéndolo por el mundo. Me dicen que reciba mi dinero y me retire, y estoy tentado a hacerlo, pero creo que ustedes pueden ayudarme a irme con la conciencia en calma.

- Difícilmente tendrá usted alguna vez la conciencia en calma.- intervino el andaluz.

- Se equivoca, hasta aquí todo lo que he hecho ha sido cumplir con mi trabajo y eso me tiene tranquilo, pero este caso se me fue de las manos, siempre voy un paso atrás.

- Le insisto Wallcott, ¿qué quiere?- dijo Kass.

- ¿Qué saben de los naturales y del mensaje de Al Habi?

- ¿Qué sabe usted de los naturales?

- Nada, solo los he oído nombrar por el profeta, pero sé que ese concepto esconde algo grande.

- ¡Nosotros no sabemos nada!- dijo el andaluz tomando la voz de ambos.

- ¿Qué tiene que ver la NASA y el Vaticano en todo esto?

- Quizá podríamos ayudarlo si nos cuenta lo que usted sabe…- inquirió Mikael.

- Tengo informes del Vaticano acerca de curas milagrosas. Tengo otros de la Agencia que develan secretos acerca de de varias personas que no hacen lo que dicen, y otros de la NASA que detectaron movimientos de luces misteriosas en el espacio, acercándose a nuestro planeta. No poca cosa como verán…

- ¿Y no puede atar los cabos?

- Exacto. Además está el periodista chileno, el sacerdote que lo acompaña y el ugandés muerto y resucitado dos veces.

- ¿Mukomo?

- Él fue quien atentó contra Al Habi, según dice un tal Leopoldo Varas.

- ¿El Lopo?

- Al menos eso me dijeron Mori y la Señorita Copolla. A propósito, vinieron por ustedes, pero yo no puedo dejarlos ir. Tienen otros cargos contra la ley internacional.

- Wallcott. Yo intercepté hace un año atrás comunicaciones secretas de la NASA y el Pentágono que relacionaban las prédicas de Al Habi con desastres naturales en todas partes del planeta, y que además coincidían con la aparición de estas luces misteriosas. Y Fuimos tras él, pero no nos dio respuestas directas, aunque no negó la relación con estos hechos. Curiosamente, muchos de estos desastres naturales ocurrían en regiones menos contaminadas y habitadas. Los tsunamis en Indonesia, los terremotos en Chile y Japón, las inundaciones en Australia y el Amazonas, lugares cercanos a donde habitan los llamados naturales, indígenas, autóctonos de la tierra sin contaminar. Creemos que hay una relación directa entre todos estos hechos y que tiene su raíz en la contaminación que estamos haciendo de este mundo. Somos de *Greenpeace*, por si no lo recuerda.

- Y Mukomo no es quien parece.- agregó el andaluz revelando un conocimiento que Mikael no tenía.

- ¿Qué quiere decir con eso?

- Joseph Mukomo tiene estrecha relación con la Iglesia Católica y Leopoldo Varas es un exmisionero que trabajó cercano a Al Habi en Kenya. Mucha coincidencia ¿no?

- ¿A qué te refieres, Rodrigo?

- Que hay muchos sacerdotes en todo esto y ninguno conocía al otro. Sin duda, hay algo grande en todo esto y Al Habi no quiso desenredarlo.

- Cierto. Saben, creo que voy a usar mi cargo para ir tras los pasos de Mori, Di Sostri y compañía. Si quieren pueden acompañarme.

- ¿Nos está dejando libres?

- Claro, no creo que haya algo demasiado importante en estos tiempos que corren porque retenerlos. Ya sé que no tuvieron nada que ver con el asesinato de Rushdie.

- Si no le importa, seguiremos nuestro camino.

- Está bien, pueden irse.- dijo activando el citófono para hablar con Morris, pero este se le adelantó con urgencia.

- Señor, tengo noticias sorprendentes que darle.- habló con agitación, el agente Morris.- el cuerpo del profeta ha desaparecido.

- ¡¿Cómo?!...

Capítulo XXIII: El perro muerde.

Thomas C. Wallcott sentía que su conversación con Mikael y el andaluz solo le había reportado más dudas. Y ahora esta desaparición misteriosa del cuerpo de Al Habi de un departamento de la CIA, no era explicable si no por una traición de alguien de adentro o de otro milagro. Sabía que los hombres dejados libres correrían al encuentro de los seguidores del profeta. Y por otra parte, no dejaba de intrigarlo todo el misterio en torno a un personaje que no había dimensionado del todo: Joseph Mukomo. Exmisionero, asesor del Cardenal De Souza del Vaticano, y ahora se percataba que por algo, el propio De Will, había pedido su libertad cuando lo apresó días atrás ayudando a Mori en Kampala, diciendo que además era agente encubierto del Estado en una misión trascendente. Había muerto en el Gran Bazar en una gran charada organizada por quién sabe quién. Había resucitado luego para atentar definitivamente contra Rushdie y supuestamente se había suicidado en el acto, para luego desaparecer. Sin duda era piedra angular de todo este asunto. Las ideas daban vuelta por su cabeza como un nuevo torbellino, cosa que se le estaba siendo habitual, lo que denotaba que estaba más viejo, y que no veía bien los hechos. Sin duda debía ir a casa con los suyos, pero antes tenía una última misión…

- Morris, puede usted decirme ¿qué cree que pasó?

- El cuerpo estaba en la sección forense. Se nos había pedido desde Washington que lo mandáramos con máxima precaución en un féretro congelado y presurizado lo antes posible. Según me dicen la caja estaba sellada, pero ahora está vacía.

Mientras el agente Morris relataba el hecho, no dejaba de hacerle eco cierto evangelio en que se retrataba la desaparición del cuerpo de Jesús, poco antes de que sus discípulos lo vieran resucitado. Y estaba la aseveración de Mori, Di Sostri y compañía que aseguraban que no estaba muerto, al menos no del todo.

- Morris, quiero que rastreen a Joseph Mukomo, pasaporte de la Santa Sede, que de seguro ha estado alojado aquí, en el Cairo, estos días. Necesitamos seguirle la pista y saber su paradero en estos momentos.

- De inmediato lo haré, pero ¿qué tiene que ver con todo este asunto?

- Ya lo averiguaremos.

- Y ¿qué digo acerca del cuerpo desparecido?

- Por ahora nada. No informes, haremos como que todavía está en esa caja.

Morris salió presuroso, pero no a hacer lo que Wallcott le pedía, si no a informar a su superior en las sombras.

- Sr. De Will, ya está hecho. El cuerpo de Rushdie va donde usted pidió. Mukomo se lo llevó, pero hay un problema: Wallcott no respondió como pensábamos. Sospecha de Mukomo, me pidió averiguar acerca de su paradero.

- Morris, siga con el plan e insinúele que podrá encontrarlo en el templo de *Luxor* hoy por la tarde. Necesitamos dar una última estocada y él será clave.

- Está bien. ¿Necesita algo más?

- Sí, que vaya usted con él tras los pasos del periodista chileno, que estará seguramente allá mismo, y nos mantenga informados cuando lo encuentre. Ahí le daremos nuevas instrucciones. Debe estar también atento al llamado de Mukomo, él también puede necesitar su apoyo. Todo está preparado.

- Como usted diga.

Wallcott tenía un presentimiento. Ya nadie era confiable, debía seguir su instinto de sabueso viejo. Por lo mismo, había blufeado con Morris, sabiendo que le llegaría con una pista falsa. Él ya estaba decidido, tomó su celular personal y llamó directamente a la mujer de quien se había divorciado hace ya casi seis años.

- Corine… soy yo, Thomas. Escúchame con cuidado. Quiero que vayas al lago *Michigan*, a la cabaña, y lleves a todos allá. A nuestros hijos, sus esposas y nuestros nietos. Dentro de dos días estaré con ustedes. Este es un asunto trascendente, no volveré a comunicarme contigo hasta entonces.

- Thomas ¿Qué pasa?

- Voy a una última misión, no comentes esto con nadie, pero se avecinan tiempos difíciles. Lleva provisiones suficientes para al menos un mes. No puedo decirte más…

Tomó su arma y la puso en el cinto bajo su chaqueta. Morris volvió a la oficina con lo pedido. Traía un semblante serio.

- Señor, nuestros agentes me informaron que Joseph Mukomo, acompañado por el Cardenal De Souza, estaban alojados en el *Pyramisa Hotel* y hoy lo abandonaron con destino a *Luxor*. Me dicen que ayer fueron visitados por varias personas. Y que todo apunta a que algo pasará hoy en ese lugar.

- Se repite el lugar, recuerde que ahí murió Al Habi, quizá el cuerpo aparezca allá y resucite.- dijo en tono burlón, Wallcott.

- ¿Quiere que organice a los otros para ir allá?

- No, Morris, solo iremos usted y yo. Creo que esta vez será mejor confundirnos entre la gente y detener a los verdaderos culpables de este asunto.

- ¿Cree que es cierto lo que le dijeron el chileno y el sacerdote, y que Mukomo es el terrorista que buscamos?

- No sé, puede que todo sea una sorpresa por venir.

- Pero no podemos ir sin un plan, puede ser peligroso. En la agencia no actuamos así.

- Claro que no Morris. Siempre hay un plan B…

Capítulo XXIV: El atardecer de las luces.

Eran cerca de las siete de la tarde cuando llegamos. El más nervioso era el Lopo, mi guía en todo este asunto. No podía dejar de pensar en qué minuto, este hombre había perdido la compostura hasta el punto de ser un hombre temeroso. En contraste, en los ojos de Dominique Desvoroux se podía ver la ansiedad de una niña en el día de su cumpleaños, sabiendo que habrá un regalo sorpresa. Francesca no había soltado mi mano en todo el viaje, como si sintiera que me podía escapar de su vida.

Desvoroux y Vossier nos contaron acerca de un lugar especial en el templo, donde se guardaba la barca, que era una especie de nave de las almas de los muertos, y relataron la historia en torno a ella. Sin duda, era un símbolo de un viajero que volvía a llevarse algo preciado. A pesar de que atardecía, una extraña sensación de que la luz crepuscular no se iba me llamó la atención. De pronto el sonido corto y preciso de un mensaje sonó en mi celular. Solo dos personas sabían el número de ese aparato dado por mi periódico. Ernesto Vera, mi editor, y Pedro Talameo, el Peta. Era este último. Abrí el mensaje muy conciso: "¿Has vistos los canales de televisión?". Desde donde estábamos no podía tener acceso a verlos, pero si podía abrir mi *notebook* y buscar en la red.

Me aparté un tanto y me senté en una escalinata, y pude ver con asombro las últimas noticias:

- ¡¡¡¿Luces misteriosas se acercan a la Tierra?!!!- repetí sin contenerme.

- ¡¿Qué dices?!- exclamó Francesca.

- Es que hay información de último momento de que la NASA ha revelado que objetos luminosos se están acercando a la Tierra y que serán visibles esta noche en las costas del Mediterráneo y el Norte de África.

- ¿Pero cómo es eso?- preguntó Di Sostri.

- Usted debería tener acceso a cierta información que el Vaticano tiene. No me atreví a contarles todo en el hotel acerca de mi conversación con el Cardenal, pero creo que ahora es necesario- intervino Vossier.

- Díganos todo de una buena vez.

- Estamos siendo visitados, esas luces son el comienzo. Yo creo que nos vienen a cobrar la cuenta, y el Vaticano cree que es la Parusía, la segunda venida de Jesús, y quieren estar en primera fila. Como sea, creo que estamos en el lugar correcto.

Todos nos quedamos atónitos. Yo no estaba del todo seguro que fuera el lugar correcto para estar en este mundo y en este instante. Literalmente el cielo se nos venía encima…

De Will y Sebu Afterbell estaban en ese preciso momento en el Templo de *Karnac*, al otro lado del río. Cuatro hombres, de aspecto cómplice, los ayudaban con la caja donde estaba el cuerpo inerte de Al Habi, llevándolo hasta el portal del templo de *Jonsu*, donde harían el ritual de bienvenida al "viajero", "al que atraviesa" como se conocía a esa deidad lunar. Sebu Afterbell puso sobre la caja un antiguo papiro y comenzó a declamar en alguna lengua muerta, mientras De Wil, quieto tras de él, parecía una momia.

- Te imploramos, Gran *Jonsu*, eterno viajero del tiempo, que vengas a nosotros, tu mensajero está aquí. Rescátanos de este mundo decadente y llévanos en el gran viaje.- decía mientras miraba al cielo abierto del templo.

- ¡¡¡¿Qué dice, Afterbell?!!!... yo no me quiero ir. Quiero quedarme aquí con el poder que trae, como tú me dijiste.-

- Manfred. No podemos pedir nada sin antes mostrarnos sumisos a él. Quédate tranquilo.

- Ya me parece, recuerda que me prometiste que yo sería el gobernador plenipotenciario de ellos en esta tierra.- exigió De Will.

- Sí, sé lo que te dije. Pero son ellos quienes deciden.

- Pero nosotros cumplimos con nuestra parte, trajimos al mensajero hasta aquí como tú querías…

- Cállese, ya es el momento, abra la caja.- ordenó Sebu, mientras miraba por el cielo abierto del templo, la luz que se acercaba presurosa, casi como un meteorito.

De Will comenzó a abrir el féretro con la ayuda de sus hombres, pero todo fue confusión cuando miraron en su interior: el cuerpo no estaba…

Debo confesar que permanecía todo sudado entre la caminata y el calor sofocante de la tarde noche. Y también por esa incertidumbre sobre lo que vendría, pero entonces, una voz me calmó:

-"No temas, estás donde debes estar para comprender todo. Los que hayan seguido el camino con fe se pondrán a salvo solos. Es hora de ir a tierras tranquilas, limpias, en lugares sagrados de la Pachamama. Lleva a tu gente a la puerta de entrada del Templo de *Luxor*, junto a la base de la estatua de *Ramsés II* estaré esperándolos."- dictó Al Habi, en mi mente.

Reuní al grupo y les resumí lo que el maestro me había dicho. Nadie dudó y nos fuimos raudos hacía el lugar. Mientras íbamos me percaté que, de pronto, había anochecido. La extraña luminosidad que antes percibí, ya no existía. Sin embargo, en la rivera del Nilo, miles de personas venían en procesión con antorchas prendidas, marcando una estela visible desde el templo. En la explanada, donde nos encontrábamos, también se empezó a juntar gente, todo parecía estar en calma y un murmullo leve se esparcía como quienes se cuentan un secreto… fue entonces que lo vi, con su cuerpo intacto, resucitado y resplandeciente.

Algunas personas dentro de la muchedumbre también se acercaban como nosotros hacia el profeta, pero la mayoría prestaba atención a tres inmensos luceros que se movían y crecían según se iban aproximando. De pronto, el estruendo fue enorme, y el pánico contaminó todas las voluntades con su agua turbia y torrentosa. Muchos empezaron a correr despavoridos con la intensión de huir y nosotros también lo hacíamos, pero para ir al encuentro protector de Al Habi…

Y ahora estoy aquí, a unos metros de él que me mira con su semblante de paz. Me siguen Francesca y el Lopo, y unos pasos más atrás, dificultados por la gente alborotada, vienen Di Sostri, Vossier y Desvoroux.

- Han llegado hasta aquí traídos por sus visiones de un mundo mejor.- nos dijo cuando todos nos juntamos en torno a él.

- Explíquenos qué es lo que sucede… no todos estamos movidos por la fe.

- Sr. Vossier. Usted ha venido aquí movido por el amor a la mujer que está a su lado.- lo desnudó el maestro rápidamente.

Vossier y Dominique se miraron con cierto leve rubor que, sin embargo, todos notamos.

- Todos tiene un motivo de vida para estar aquí y recibir lo prometido.

- Al Habi, yo no vine aquí más que por un reportaje y no sé en qué estoy metido...

- Daniel, estás en medio de todo, a eso te mandaron, a ver con tus ojos el fin de este mundo oxidado, corroído. Y en este viaje misterioso encontraste más de lo que venías a buscar.

Francesca apretó mi mano, asintiendo a la afirmación del profeta.

- ¿Y usted, Di Sostri?... ¿ha visto el milagro de lo que sucede aquí?...

- No tengo nada que ver. Yo ya sabía de tu poder sanador y quizá lo había olvidado.

- Sí, es cierto, pero ahora verá más. Sabrá que nuestro Señor Jesús fue enviado, al igual que los viajeros que vienen ahora, con el mensaje de que no estamos solos. Sí, padre Di Sostri, la Iglesia deberá reconocer que no somos el único pueblo elegido. Los elegidos lo serán porque han mantenido su esencia pura, su alma ingenua y abierta a la energía cósmica. No hay religiones únicas, no hay una única verdad. Dios está en todo y todos estamos en Dios.-

Mientras decía eso, un ruido persistente iba subiendo su volumen entre los gritos de asombro de toda la muchedumbre que había repletado el lugar. Enormes luces de un celeste intenso lo inundaban todo, acompañado de fuertes vientos huracanados, y en la puerta del templo donde nos encontramos, un enorme portal de luz se abrió. Al Habi Rushdie nos dijo, entonces, sus últimas palabras:

- Los que estén listos deben hacer el viaje ahora y los que necesiten cerrar puertas tras de sí, vayan y háganlo. Luego vayan a sus lugares sagrados y esperen la venida de sus arcas luminarias.-

Dominique toma la mano de Sebastien Vossier y lo mira con una paz enorme.

- Yo voy, es lo que he estado esperando, pero entenderé si tú no quieres ir.- le dice.

- No te dejaría jamás, mi niña, realmente te amo y todo este viaje ha sido un pretexto para que encuentres la tranquilidad a tus sueños, sueños que yo quiero compartir.

Ambos no titubean más y dan un paso al otro lado del portal de luz. Francesca está atónita y yo pienso aceleradamente en todo lo sucedido hasta este momento. Pienso en mi matrimonio con Luciana y principalmente veo los ojos de Natalia, y mientras miro en todas direcciones buscando una respuesta a esta encrucijada, veo un rostro conocido entre la multitud y el resplandor de un arma. El andaluz viene decidido en contra de nosotros y tras de él, asoma otro personaje de esta trama: Joseph Mukomo. Al Habi me mira por última vez y ya sin palabras me dice que ha llegado la hora. Rodrigo de las Cuevas dispara con furia a la posición del maestro, pero la bala se funde con el destello de un cuerpo que se desintegra en miles de fulgores como si una gran estrella del universo hubiese explotado. Mientras somos testigos como cientos de personas entran a esferas de luz que los transportan a otras dimensiones que ni siquiera podemos imaginar, vemos como se van apagando. No siento miedo a pesar de que seguimos en peligro. Wallcott toca mi espalda y marca su presencia en el acto, me guiña un ojo y me pregunta:

- ¿Cómo que no se ha ido a buscar a su hija?...

Luego le dispara a Mukomo cuando lo ve venir hacia nosotros soltando balas por doquier, fanáticamente junto al andaluz, revelando que ambos trabajan para las sombras. Entre la balacera, distingo un proyectil casi en cámara lenta en dirección hacia mi humanidad. Empujo a Francesca hacia el suelo instintivamente, para protegerla, y logro ver como El Lopo se cruza para evitar que me impacte. Cae con una mancha roja que se esparce por su camisa blanca, casi sobre nosotros.

- ¡Lopo!- grita la italiana, desesperada.

- Eres un chileno confiado y distraído, Mori. Nunca ves venir las cosas.- balbucea herido.- Debes cuidarlo Francesca, o lo perderás. No puedo protegerlo a cada rato, ya estoy viejo para esto.

- Cállate, no te agites, te sacaremos de aquí.

- Dile a Salayia que la amo. Me lo debes muchacho.

- Se lo dirás tú mismo. Y tendrás que darme una exclusiva de tu vida junto a ella.

Wallcott se nos acerca, mientras vemos como las cápsulas resplandecientes comienzan a apagarse, desapareciendo, inmaterializándose. De pronto todo es silencio y oscuridad.

Di Sostri nos dice que esto aún no se ha terminado. Que Al Habi le dictó una última misión y le pide a Wallcott que lo acompañe.

Capítulo XXV: La noche cae.

- Sr. De Will, Mukomo no logró su objetivo y nuestro doble agente, el andaluz, le disparó a Rushdie, pero todo fue un desastre... El profeta desapareció...- la voz de Morris se escuchaba muy agitada a través del celular.

- ¡¿Cómo desapareció?!

- Le dispararon, pero éste literalmente se desintegró en medio del carnaval de luces enigmáticas que aparecieron... ¿No vieron lo que pasó?

- Morris, venga de inmediato al templo de Karnac, necesito salir seguro de esta situación.

- Está bien, Señor.

Wallcott se regocijó de su instinto. Había puesto un trasmisor en la chaqueta de Morris en su última reunión, y con él escuchó lo que ya sabía. Morris trabajaba para otro jefe. Y De Will nunca había sido confiable. Llamó a su subalterno y lo complicó.

- Morris, ¿Dónde se encuentra?... necesito que me acompañe al templo de *Karnac*. Tenemos que resolver un problema. Creo que tenemos a los verdaderos cerebros tras el andaluz.

El agente titubeó.

- Señor, ehh… estoy en medio del caos de esta gente y esta tormenta de luces. Escuché también disparos…

- Venga aquí, a la salida del templo de *Luxor*. Estoy con Di Sostri. Rápido, no hay tiempo. Fuimos atacados y debemos ir tras los culpables.

Morris pensó: Debo ir con Wallcott, no puedo dejar que sospeche de mí. Allá veremos como resolver este entuerto, puede que me convenga tener dos salidas. Raudamente emprendió carrera hacia el lugar acordado. Se encontró con su superior y se dirigieron hacia el templo de *Karnac*. En el íntertanto, antes de la llegada de Morris, Thomas C. Wallcott se comunicó con la central y pidió los refuerzos más cercanos para apoyar su movida. También había pedido una ambulancia para el Lopo.

Ya más calmado, ordené las ideas. Debía terminar mi reportaje, no por cumplirle a mi editor, si no más que nada por mi curiosidad, y no quería arriesgar a Francesca.

- Mi amor.- le dije, sin medir esas palabras que hicieron humedecerse sus ojos y esbozar un semblante prístino entre tanta confusión.- debo ir con Wallcott y Di Sostri, y quiero que tú vayas con Leopoldo y te preocupes de él. Pronto estaremos a salvo.

- Daniel, no quiero perderte. ¿Por qué tienes que ir?... todo está claro, debemos hacer lo que dijo Al Habi.

- Eso estoy haciendo. Debo cerrar algunas puertas y saber toda la verdad. Entregaré mi informe y te juro que no te dejaré más.

- No sé, no estoy segura…

- Francesca, nada pasará. Mírame. Al Habi no me eligió para morir inútilmente, tengo que dejar testimonio de todo esto. Tenemos un futuro y lo viviremos de la mejor manera, juntos.- la besé en la frente y me fui con Wallcott, el sacerdote y Morris, que ya había llegado junto a nosotros.

Sebu Afterbell estaba serio mirando unas marcas en el templo, tratando de descifrar algo que no estaba en sus cálculos... ¿Qué no había visto en sus interpretaciones?... ¿qué no estaba bien traducido en el papiro que tenía en su poder?...

- ¡Claro!- dijo asustando a De Will, que permanecía en un rincón, hablando con sus hombres que querían marcharse del lugar, pues presentían lo peor.

- ¡¿Qué sucede?, Sebu!

- Pues que debemos trasladarnos a la estancia de *Amón Ra*, debo pedirle a él que interceda ante su hijo. Él es la clave, el dios del aire, el que permanece en todas partes, el oculto. El fue el que los envía a buscarnos. Los egipcios lo veneraban por eso, Él era el dios principal y *Jonsu* es solo su enviado, el canal para llegar a sus dominios. Seguro que hay un portal oculto en su templo. Está cerca, vamos...

- Sebu, no estoy seguro de querer ir, yo no quiero meterme en una de esas luces...- dijo De Will, tratando de desembarazarse del anciano, al que ya consideraba medio deschavetado.

- No seas cobarde. Te daré lo que quieres. Serás el embajador de los dioses en esta tierra, pero debes ayudarme a ir con ellos.- dijo tratando de convencer a su incrédulo y temeroso socio.

Los interrumpió un ruido salido del interior de la edificación. Era un pequeño temblor que hizo correr a los hombres asustados de De Will, que no querían saber nada más de todo eso. De Will iba a hacer lo mismo, pero una mano firme lo detuvo del brazo. Era el Cardenal De Souza.

- No me avisó de esto Sr. De Will. Y usted tampoco Sr. Afterbell. Pensé que éramos socios en esta búsqueda, pero al parecer solo usaron los servicios de mi mano derecha, el pobre

Mukomo, que cayó abatido al otro lado del Nilo, por creer que ustedes estaban por el camino de la verdad.- la voz del hombre era firme a pesar de su desilusión.

- Yo seguí las órdenes de este viejo loco y creí en lo que él me prometió.- se desligó De Will.

- Cardenal, esto no podrá ser explicado por la Iglesia. No quisimos involucrarlo en este primer encuentro…

- Usted dijo que los visitantes eran enviados de Dios. Tuvimos una infinidad de conversaciones secretas en que usted manipuló su información para hacerme creer que…- replicó el Cardenal.

- Sí, pero no sabemos de qué dios en particular… usted es un hombre de fe y debe entender que yo también creí en mis conocimientos de los dioses, en mis convicciones. Pero tenemos otra oportunidad, estábamos en el lugar incorrecto, debemos ir al templo de *Amón Ra.*

- ¿Para qué?... otros han sido elegidos. Creo que no hicimos lo correcto. No podemos engañarlos…

- Cardenal, la clave está en dos personas que hemos dejado escapar. Un periodista chileno que Al Habi eligió y un sacerdote que usted conoce, Gian Luca Di Sostri.

- ¿Por qué?

- ¡Sí, y ¿por qué no lo dijo antes?... usted quería al chileno muerto y el cuerpo de Al Habi aquí!- replicó Manfred De Will, enfurecido.

- Pensé que Al Habi era la encarnación de *Jonsu* y que teniendo su cuerpo aquí, ellos vendrían por él y nosotros podríamos convencerlos que lo habíamos rescatado de los terroristas…

- El andaluz y Mukomo, ¡por eso los uso!... para tener las manos limpias.-

- Esto me ratifica que estamos en la vereda oscura de todo esto y yo no estoy dispuesto a...-

De Souza fue interrumpido por Di Sostri, que salía de la oscuridad para entrar al recinto. Nosotros veníamos tras de él.

- Es bueno escuchar eso de usted, Eminencia.

Sebu Afterbell y De Will se miraron al vernos. Miraron a Di Sostri y luego a mí. El anciano tomó la palabra.

- Señores, bienvenidos. Han llegado al lugar correcto. Al Habi Rushdie los guió hasta aquí con una misión importante. Nos encontraremos con los enviados de los dioses. Debemos ir al templo de *Amón Ra.* Ustedes y nosotros hemos sido elegidos...

Wallcott y Morris se quedaron a un costado, en silencio, pero el jefe estaba atento a su subalterno y también a los gestos de De Will.

- Yo ya he sido elegido hace muchos años por mi maestro, Jesucristo, y sigo su camino seguro de que me llevará a la salvación.- expresó Di Sostri con serenidad, mirando a los ojos de Afterbell.

- No es el único camino y ahora hay un camino directo a los dioses. Para mi Jesucristo es solo un enviado más de ellos, como lo fue también Mahoma, Buda, y tantos otros.- retrucó el viejo.

- Usted es un hombre enredoso, Sr. Afterbell, y yo fui muy incauto en creer en sus palabras y en las del agente De Will. Ahora reconozco en esta conversación absurda, cual equivocado estaba.- dijo abatido, el Cardenal De Souza.

- Señores, creo que hay suficiente evidencia para arrestarlos por planificar el atentado del ciudadano egipcio Al Habi Rushdie. Y también por los intentos en contra del ciudadano chileno Daniel Mori y el enviado del Vaticano para este asunto, padre Gian Luca Di Sostri, en el cual intervine directamente. El motivo debe ser sus intereses fanáticos en los asuntos extraordinarios de los cuales fuimos testigos.- intervino Wallcott.

- No creo que tenga nada en contra de nosotros, agente Wallcott. Nosotros nada hemos hecho, solamente estábamos aquí tratando de contactar a nuestros visitantes.- se evadió De Will.

- ¿Y qué hace aquí la urna robada donde estaba el cuerpo de Rushdie?... robar un cuerpo de una dependencia de la CIA es un delito bastante significativo, sobre todo porque involucra agentes internos.- dijo Wallcott mirando de reojo los movimientos de Morris.

Sorpresivamente Morris sacó su arma y apuntó a Wallcott.

- ¡Basta de tanta palabrería!... Sr. De Will, váyase con Afterbell ahora. No hay más tiempo que perder. Esto se está saliendo de control.

- Cálmese Morris, no hay porque recurrir a la fuerza para terminar este asunto. Razone. Yo ya sabía de su traición, todo lo que usted ha hablado en las últimas horas, ha sido grabado y trasmitido directamente a la central. Agentes de apoyo deben estar por llegar...- trató de convencerlo.

- ¡Cállese!... ¡ya no está usted a cargo de la situación!

De Will y Afterbell no se quedaron quietos y recogieron los papiros, libros y otros instrumentos que tenían, y se disponían a ir al templo de *Amón Ra*, pero el anciano habló...

- Sr. Morris. Debemos llevar al chileno...

- ¡Ya escuchó, hombre!... ¡acompáñelos o dispararé sobre el Cardenal y Di Sostri!- me ordenó.

Wallcott me hizo un gesto para que no me moviera, pero no quise complicar las cosas.

- Esta bien, cálmese, yo voy con ustedes.

- Perfecto, así nadie saldrá herido.- dijo sin dejar de apuntar.

De Will salió rápido y Sebu Afterbell me miró profundo, mientras me tomaba del brazo, casi apoyándose de mí.

- No sé qué vieron en usted. ¿Realmente es de Chile?...- me dijo casi como un susurro.

Yo no atiné a decir nada.

- No sabe lo importante que es esto. Los dioses han vuelto a buscar a sus criaturas, a los que hicieron a su semejanza.- seguía hablando como para tratar de justificar su locura y sus acciones, casi auto convenciéndose que tenía la razón.

- Pero Al Habi nos dijo que ya habían elegido. Varios entraron a los portales de luz, o lo que fuera, imbuidos en su fe.- traté de modificar su perspectiva de las cosas.

- Pero los elegidos debemos ser los que más sabemos de esto. Los que hemos visto sus señales a través de la historia del hombre, de su evolución. Yo tengo el conocimiento de años. Toda mi vida dedicada a buscar sus secretos ocultos.- hablaba convencido.

Andábamos lo más rápido que el viejo podía y pronto llegamos al templo de *Amón Ra*. Yo pude escapar entre los laberintos del lugar, pero mi curiosidad me atrapaba, más que la mano del Afterbell, y seguí con ellos. De Will desplegó los papiros esperando el ritual que haría Afterbell. En medio de la agitación del momento, el anciano buscó marcas en los enormes pilares que nos rodeaban y que apenas nos habían dejado llegar a la sala central. Los dibujos eran sobrecogedores y mostraban al dios en muchas dimensiones. Afterbell encontró algo.

- Claro.- dijo- ...*Amon Ra*, el señor de las dos tierras... y este jeroglífico que hay aquí... muestra a dos seres extraños, seguramente alienígenas, junto a un plato de luz. Ya lo había visto… ¡aquí es el portal!… entre estos pilares… ¡De Will, trae al chileno!

En eso, escuchamos disparos a lo lejos. Y carreras por los pasillos que dejaban los pilotes. Sebu Afterbell me indicó que me mantuviera quieto en una posición estratégica, mientras recitaba algo en una lengua que no pude definir. De pronto, empezó a temblar, y el sonido agudo del viento soplando por cada rendija, fue el presagio de una enorme tormenta que trajo al lugar una luz cegadora que se concentró junto a mi posición. Era como un gran espejo de agua brillante y plateada. El anciano me miró extasiado y le habló a De Will.

- Nos veremos en el otro mundo, amigo, y te aseguro que sabré interceder ante ellos para que tú seas el embajador en esta tierra decadente. ¿Estás seguro que no quieres venir conmigo?

- Vete ya, anciano, y cumple con tu promesa.

Afterbell dio un paso hacia la luz, pero lo que recibió fue una descarga enorme de electricidad que lo lanzó fuertemente contra un pilar. Vi su rostro desfigurado por las quemaduras y la sangre que corría por su boca, en el preciso momento que Wallcott y sus hombres llegaron. La luz se apagó y De Will cayó de rodillas ante los agentes en son de súplica, sabía que todo había terminado mal para él. Wallcott me sacó del asombro ante lo acontecido.

- Mori, tranquilo, todo terminó. Morris fue detenido por mis hombres.

- ¿También murió?- atiné a balbucear.

- No, solo está herido, pero enfrentará cargos de alta traición.

- Agente Wallcott, nada ha terminado, esto recién comienza. Se ha abierto una puerta a otro mundo y todos hemos sido testigos. Ya nada será como antes.

- Yo ya me voy a otro mundo. Dejo este mundo de violencia y poderes fácticos para retirarme con mi familia a un lugar tranquilo y seguro.

- ¿Realmente cree que podrá hacer eso?

- Eso espero y creo que usted debería hacer lo mismo, regresar a su país junto a su hija.

- Quizá tenga razón…

- Usted debería estar más seguro que yo. Usted recibió las palabras directas de Al Habi, su promesa de un mundo mejor para los elegidos…

Di Sostri y De Souza llegaron luego y se acercaron junto a nosotros por respuestas que no teníamos.

Capítulo XXVI: La última señal.

El Lopo se recuperaba en el hospital tras una cirugía reparadora. La bala milagrosamente no había dañado el corazón y se había alojado en su intercostal sin tocar tampoco el pulmón. Francesca estuvo con él todo el tiempo hasta que yo llegué. Sus ojos se pusieron llorosos cuando me vieron entrar, pero una húmeda y leve sonrisa se dejó esbozar en esos labios amados. Instintivamente corrí a besarla. El abrazo fue profundo y sosegado, pero provocó que sus sollozos escaparan, aliviando su alma. Yo también me sentí más liviano. La noche estaba dejando su paso al amanecer, pero nuestros cuerpos necesitaban dormir. Hablé con el doctor que me dijo que nuestro amigo pronto estaría mucho mejor, que no nos preocupáramos y nos fuéramos a descansar. Wallcott, que me había llevado al hospital, tuvo también la gentileza de llevarnos a nuestro hotel. Fue la última vez que lo vimos, se marchó guiñándome, por última vez, su ojo azul, y me dijo:

- La familia es nuestra única fortaleza. Déle un beso a su hija de mi parte. Y sea feliz, es usted un buen hombre.

Las últimas horas que pasé en el Cairo, fueron como esas mañanas iluminadas que nos despiertan de una gran pesadilla. Inseguro, recordaba imágenes que, poco a poco, se iban desvaneciendo. Todo lo vivido parecía haber sido soñado. Recorrí los lugares con lentitud, tratando de encontrar respuestas para terminar mi reportaje. Por la mañana había logrado escuchar lo más preciado. La voz de mi hija en el *Skype* de mi *notebook*.

- ¡Papá!... ¿dónde te habías metido?... estamos muy preocupadas por ti, en las noticias hablan de luces extrañas en Egipto, de ovnis, de eventos inexplicables y muchos desaparecidos.-

"Estamos preocupadas" me sonó raro.

- Natalia, preciosa, ya te contaré todo y quiero que apenas vuelva a Chile, nos vayamos de viaje al sur.

- ¡Me encantaría papá!- dijo entusiasmada.

- ¿Y tu madre?

- Está aquí, estamos solas. Adolfo está de viaje, por el trabajo. Fue a Italia, al Vaticano, a cubrir una noticia muy importante, parece, pues lo mandaron con urgencia ayer del canal.

Una incontenible sensación de que nuevamente me quitaría algo que era mío me sacudió.

- ¿Quieres hablar con ella?

- No preciosa. Nos veremos pronto y eso es lo que más quiero.

La enfermera limpiaba el baño y me miró de reojo cuando entré. El Lopo se recuperaba en su cama, con la sonda puesta en su mano, y el semblante adolorido, pero más que nada por haberse perdido la última parte de la historia. Francesca, que estuvo con él todo el tiempo hasta que yo llegué, se levantó con una sonrisa de oreja a oreja cuando me vio. Habíamos hablado un par de horas antes acerca de lo acontecido en *Luxor* y ella estaba tranquila, como previendo un futuro mejor, juntos.

- Vaya, vaya, ha llegado el elegido.- bromeó Leopoldo, con una voz tiritona.

- ¿Elegido?... solo estaba en el lugar adecuado para presenciar todo.

- No seas modesto, aún no sé por qué, no sé qué tienes tú que no haya tenido yo o Francesca, pero Al Habi te dio a ti el privilegio de presenciar estos eventos que cambiarán la historia…

- No sé, quizá está en todos nosotros cambiar la historia, partiendo por nuestra historia personal…

- No, no me vengas con esas cosas. Al Habi nos invitó a viajar, a ir a un nuevo mundo. Un mundo de dioses, de ángeles, de seres superiores…

- Lopo, querido compañero, ¿no crees que esa invitación ya nos la hizo Jesucristo hace miles de años?... recuerda que si somos capaces de seguir su palabra, seremos los primeros invitados al banquete de su padre, allá en los cielos…- dije con un convencimiento que no tenía desde mis días de acólito, en la adolescencia temprana, cuando mi consejero espiritual, el padre Santiago, era mi ídolo.

- Si, es cierto, pero ahora he visto la luz en vivo y en directo, un poco como Santo Tomás, vi para creer, o, al menos, para reforzar la idea de que hay otra vida más allá.

- ¿Y te gustaría ir?...- intervino Francesca.

- Claro, para eso vine a esta aventura.

- Y ¿Salayia?...- interrogué tratando de ver su alma, a través de sus ojos pequeños.

- Quizá deba ir con ella cuando me recupere, vivir la vida que tenía presupuestada con ella, y tal vez nos llegue la luz.

- Yo creo que ese era el espíritu que trató de transmitirnos el mensajero.- dijo Francesca con sus ojos verdes posados en los míos.

- Sabes, creo que debemos ir a Kenya apenas puedas viajar. Allá te recuperarás antes con las atenciones de tu diosa de ébano.- dije recordando la primera impresión que tuve de ella, unas semanas atrás.

- ¿Y después se irán a Chile?- nos interrogó con una sonrisa picarona.

No lo habíamos hablado. Yo necesitaba encontrarme con Natalia, pero, claramente, tenía sentimientos muy fuertes con la italiana. Todo este viaje revelador había cambiado mi perspectiva de las cosas. Mis prioridades eran otras. Luciana se me hizo lejana con su mundo lleno de lujos y apariencias. Sentía que mi hija debía vivir otras cosas, más simples y profundas. Que debía estar conmigo y con Francesca. Casi podía vislumbrar mi nueva vida.

- No contestas, chileno.- me hizo regresar de mis sueños, la italiana, esperando una respuesta.

- ¿Irías a Chile conmigo?

- Dicen que es un lugar lleno de paisajes maravillosos, pero creo que quizá vayamos a otra parte, un poco más allá…

- Francesca. Por ahora sólo quiero volver a mi tierra y abrazar a mi hija.

Di Sostri caminaba por el Gran Bazar hasta el café *Fishawi*. El día estaba soleado y la gente leía y conversaba sobre las extrañas noticias de lo acontecidos en los templos de *Luxor* y *Karnac*. Se hablaba de cientos de desaparecidos. Sin embargo, todo parecía continuar como si nada hubiese pasado. Pero el hombre pensaba en lo sucedido todos esos días y lo tenía preocupado la conversación de madrugada que tuvo con el Cardenal De Souza. Cuando lo vi sentado en la mesita de la terraza, pensé en que podía bajar una nave extraterrestre sobre el templo de *Jerusalén*, o sobre la Casa Blanca, y nadie dejaría de tomarse un café, fumarse su cigarrillo, o hacer el amor. Ya no había capacidad para sorprenderse o maravillarse. Todo era trivial para el resto del mundo. Algunos pocos podíamos ver, solo unos pocos habíamos sido elegidos.

- Padre Di Sostri, ¿cómo anda?

- Bien, aquí pensando… ah, y Daniel, dígame Gian Luca, creo que hemos pasado importantes cosas juntos como para tratarnos con menos distancia… ¿pudo descansar?...

- Algo, entre las conversaciones finales con Wallcott, visitas al hospital y arreglar mis cosas para volver a Chile.

- ¿Entregará su reportaje a su periódico, recibirá su paga y se irá tranquilo a su casa a seguir su vida?

- No Padre. No creo que eso sea lo importante ahora.

- Entonces me ayudará a divulgar el mensaje de Al Habi.

- A mi manera seguiré el mensaje del maestro. Sus palabras y los sucesos que hemos vivido me han cambiado. Creo que escribiré un libro, es lo que mejor sé hacer. Y lo haré cerca de mis seres queridos.

- Daniel. Estás consciente que viene tiempos difíciles para nuestra civilización, para nuestra fe.

- Sí, y sé que usted con la colaboración del Cardenal De Souza, sabrán conseguir que la cúpula de la Iglesia tome este mensaje con la seriedad que se merece.

- No será fácil.

- Nada lo ha sido.

- No. Es que no entiendes. El Cardenal De Souza recibió órdenes superiores de no seguir con la investigación. Quieren nuestro informe hasta aquí y que regresemos al Vaticano.

Cuando nos quedamos en silencio, bajo la sombra que nos permitía soportar el calor. Di Sostri me recordó que él había sido sanado por el pequeño Al Habi Rushdie mucho tiempo atrás. Quería explicarme que sentía una deuda con ese hombre y que lo sucedido con Vossier y Desvoroux, que se habían ido a través de esa luz quién sabe dónde, lo tenía muy confundido.

- Daniel, soy un hombre creyente, entregado a los designios de Dios. Vi en los ojos de Vossier y Dominique una inmensa dosis de amor, de entrega y de fe, pero no puedo justificar estos hechos en la Santa Sede, ni menos convencerlos, aún con la ayuda del Cardenal. Creo que la única posibilidad es poder contactarme con ellos, con los enviados, con esas luces, quizá con el mismo Al Habi… sabe, yo tengo la sensación de que él no se ha ido.

- Padre Gian Luca, se me ocurre que tal vez debemos visitar a Ahmed Rushdie y contarle todo lo sucedido. Se lo debemos. Quizá su hijo cumplió su promesa y ha vuelto a visitarlos…

- Tienes razón. Sin embargo, antes debes ver esto.- dijo extendiéndome un papel doblado con delicadeza.

- "Padre Di Sostri, le recomiendo que no divulgue los hechos ocurridos en *Luxor*. Archívelos en el baúl de los secretos del Vaticano y olvídese. Y convenza al chileno que haga lo mismo."- leí.

- ¿Esto es del Vaticano?

- No. Mori, esto es una amenaza de alguien más.

- No le haremos caso ¿verdad?

Teníamos pasajes para esa noche. Lamentablemente no podríamos llevar al Lopo a Kenya, a reencontrarse con su mujer. El médico nos había dicho que, al menos, necesitaba una semana más de recuperación para viajar. Y yo ya quería estar en Chile. Pero esa tarde debíamos aprovechar nuestras últimas horas en El Cairo, porque tenía una deuda con Ahmed Rushdie. Francesca iba tomada de mi mano, caminando por las calles pobres de ese sector que ya habíamos visitado. Di Sostri iba absorto en su mundo interior. Pronto estuvimos en la puerta de la casa de Ahmed Rushdie. Todo estaba tranquilo, limpio, parecía no haber nadie en el barrio. Sin embargo, algunos se asomaban a las ventanas de las casas vecinas, temerosos. Tocamos la puerta y nos abrieron tímidamente.

- ¡Padre, es usted!

- Señor Ahmed, ¿está usted bien?- dijo Di Sostri viendo los ojos llorosos del hombre.

- Señor Mori… ¡qué bueno verlo a usted también!... ¡Pasen, pasen!

Dentro de la casa, vimos a su mujer que también se alegró de vernos. Nos convidaron a tomar una especie de té helado y el viejo profesor empezó a hablar.

- Nuestro hijo estuvo aquí anoche. Nos dijo que nos preparáramos, que pronto vendría por nosotros. Pero desde que se fue, nos han vigilado.

- ¿Y qué más les dijo?

- Nos dijo que no habláramos ni recibiéramos a nadie que no conociéramos. Y que se avecinaban tiempos difíciles.

- ¿Por qué razón entonces no los llevó anoche cuando se fue?- pregunté tratando de hilar cabos.

- Iba a ir por esa chica del barrio... Yhazira, la que curó hace un tiempo. Dijo que también debía llevarla, y que todos teníamos que ir a un nuevo y apartado lugar sagrado.- contestó.

- Daniel, debemos ir al hospital para despedirnos de Leopoldo y luego partir al aeropuerto. El avión sale dentro de unas horas.

- Váyanse. Yo me quedaré unos días más aquí en el Cairo antes de irme al Vaticano. Si tengo suerte y si él quiere, este es el lugar adecuado para dialogar con Al Habi. Acompañaré a sus padres hasta que el venga. Es mi única esperanza.

Accedí. La verdad a estas alturas podía darle a Ernesto un buen reportaje, y lo que más añoraba era estrechar el cuerpecito hermoso de mi niña. Quería estar en Chile. Ya habían pasado más de dos semanas desde que partí, tiempo que se me había hecho una eternidad de tanto vivir experiencias límites y transformadoras.

- Estaremos en contacto, Sr. Mori. Quizá su libro sea la única vía para difundir lo que descubra aquí.

- No se preocupe. Sé que Al Habi no nos dejará solos en esto.

Mientras íbamos al hospital, tuve una visión extraña. Creí ver a Mukomo en una calle que pasamos. Recordé el incidente en el Gran Bazar, cuando lo vi morir en mis brazos. Después recordé que, resucitado, volvió a morir, luego de atentar contra Al Habi. Y luego, nuevamente apareció vivo para atentar contra nosotros en *Luxor*, cuando el Lopo se interpuso... algo no cuadraba.

Leopoldo Varas estaba mucho mejor, pero aún hablaba con dolor, con una puntada en su costado. Al vernos entrar sus ojos mostraron nostalgia.

- ¿Ya se van?

- Sí, Lopo. La verdad es que quería dejarte en tu casa junto a Salayia, pero, por otra parte, necesito irme a Chile.

- No se preocupen. Váyanse tranquilos. Creo que hicimos lo que teníamos que hacer y ahora cada uno debe encontrar su camino.

- Que bueno escucharte con esa disposición. Te noto menos rebelde que hace unos días. ¿Ya no te importa que Al Habi me haya elegido a mí?

Francesca se sorprendió de mi pregunta.

- No, amigo. Entiendo que te eligió a ti por tu bondad, por tu ingenuidad. Porque no estás contaminado con las ansias de poder.

- Sabes... últimamente me ha estado dando vueltas la imagen de Mukomo resucitado tantas veces y atacándome. Recuerdo que nos contaste que trabajaba con el Cardenal en secreto, pero en el fondo, tenía una relación con alguna facción oculta del Vaticano. También tenía relación con áreas secretas de la CIA, a través de De Will, y que Wallcott desconocía. Y tú mismo arriesgaste tu vida para salvar la mía ante una bala de él. Pero aún creo que algo falta...

- Vuelve a tu casa, Daniel. Mukomo ya murió y a ti te espera un futuro privilegiado. Debes estar preparado porque seguro los visitantes vendrán por ti.

- No sé... quizá no esté preparado, o no quiera ir tan lejos.

- Daniel, tenemos que irnos. Lopo, estoy seguro de que te volveremos a ver. Ojala pronto puedas estar en tu casa. Te deseo lo mejor.- apuró Francesca.

- Seguro, preciosa. Y recuerden que esta linda pareja está unida por el cielo.

Capítulo XXVII: Retorno.

Íbamos siguiendo el sol que se ponía tras el horizonte, haciendo de esa hora crepuscular la más larga. Francesca dormía profundamente. Su relajo contrastaba con mi insomnio permanente. Mi mente no dejaba de trabajar. Distintas imágenes de personajes pasaban en la pantalla de mi intelecto. Ernesto Vera con su ironía y apresuramiento, y que, sin embargo, esta vez me había dejado trabajar tranquilo, confiando en mi instinto. Leopoldo, que de simple contacto y guía, en medio de sospechas, incertidumbre y desconfianzas, había terminado salvando mi pellejo. Recordé a esas tres mujeres de luto, que vi irse con el hombre que esperaban hacia una luz misteriosa, salvadora. Y esa primera vez con Mukomo, cuando era un simple taxista, y dilucidamos el primer encuentro con Al Habi en Kitebe, Uganda. Que decir de ese encuentro con Francesca ese mismo día, las cosas que sentí por ella desde el primer minuto, y ahora, acurrucada junto a mí de regreso a Chile. La imagen de un desaparecido Mika se me vino de pronto, y el andaluz con su violencia constante fulminado en la balacera de *Luxor*. Tampoco podría borrar la primera impresión de Wallcott tan distante de la última, mucho más amigable y humano. Vossier y Dominique decididos, entrando a un mundo por venir, sin miedo. Y la cara de desconsuelo de un padre Gian Luca confundido, al igual que yo con todo esto. Para terminar en aquel anciano, que no pudo con la frustración, teniendo tanto conocimiento y ambición, de no ser considerado como el elegido principal, rebotando contra un choque electromagnético letal.

Luego, mis pensamiento más sentimentales, se fueron con Natalia, mi pequeña, y los deseos de mirar su carita y besar su frente, y de recibir ese abrazo apretado que tanto me gustaba. Mi ex mujer, sin embargo, era una imagen borrosa. Tanto que la amé y ahora casi no podía distinguirla entre tanta imagen que me invadía. Entonces recordé a Adolfo, con su estampa perfecta, y pude verlo, en una proyección, dando las últimas noticias acerca de la llegada de los visitantes. Me lo imaginé entrevistando a un dios de cabeza grande y manos largas. Toda una sensación televisiva. Pero para sorpresa mía, no me molestó. Me encontré esbozando una sonrisa mientras miraba las largas pestañas de la italiana. Luego de eso, me dormí y no desperté hasta que tocamos tierra en Buenos Aires.

Francesca me observaba con cierta ternura que no pude descifrar.

- Finalmente el elegido despierta de sus sueños.- bromeó.

- ¿Ya llegamos?- dije con modorra y pudor, mientras estiraba mis extremidades de forma contenida.

- Estamos en la parada de Argentina.

- Ah, bueno estamos cerca... Sabes, detesto eso del elegido.- retomé.

- Pero se lo enrostraste al Lopo, ayer en el hospital.

- Creí que aún sentía envidia por mí. Pensé que tenía motivos ocultos en todos esto, pero creo que no...

- ¿Sospechabas de él?

- No sé qué decirte, aún hay cosas que no me dejan tranquilo.

- ¿Cómo qué?

- Nada que pueda decirte o explicarte. Es solo una intuición que no quiere dejarme tranquilo, un constante susurro en mi interior.

Llegamos a Santiago cerca de las nueve de la mañana. Yo pude dormitar algo a pesar de las inquietudes que persistían, en parte gracias a las caricias que me hizo Francesca en mi cabellera desordenada. Necesitaba con urgencia una ducha en mi casa, en mi baño, modesto, pero mío. La mañana estaba nublada, fresca, con esa bruma contaminada tan típica de Santiago, sobre todo en la primavera. Me recorrió un escalofrío por la espalda debido a la emoción del retorno. Pensaba en todas las amenazas a mi vida que tuve en este viaje, que era un simple reportaje a un misterioso orador espiritual, a un curandero más que quizá tenía ciertos dones de videncia. Nunca pensé que me involucraría con la CIA, el Vaticano, terroristas, hombres fanáticos, y finalmente visitantes de otros mundos. Nunca pensé encontrar el amor. Todo parecía un gran milagro, aunque aún había cabos sueltos…

Sin embargo, aquellos pensamientos se desvanecieron cuando vi una figura leve, saltando tras los ventanales de la sala de aduana, con su carita feliz. Natalia estaba esperándome por sorpresa, acompañada del Peta. Me apresuré a resolver los asuntos de internación, sin dejar de mirarla cada vez que podía, sonriendo como un tonto baboso. Tanto que Francesca se reía de mí.

- Es linda, se ve una *ragazza* muy tierna.- me acotó sin dejar de dibujar en su cara una mueca burlona.

- Sí, es preciosa, pero muy celosa. No sé cómo vaya a tomar lo nuestro.

- ¿Lo nuestro?... lo nuestro será también, en parte, de ella. Yo no pretendo alejarte de tu hija, adoro los niños y me llevo muy bien con ellos... Daniel, estoy feliz de estar aquí contigo y conocer a Natalia.- dijo pensando que yo quería dejarla de lado en este encuentro.

- Me encanta tu posición. Entonces, llegó la hora... traspasemos el umbral.- le dije tomando mi bolso y avanzando a la salida.

- ¡Papito!... ¡aquí estoy!- gritaba cuando me vio venir.

- Natalia, preciosa... no sabes cuánto te he extrañado.- le dije mientras la abrazaba con ese típico "abrazo de oso" que nos encantaba a ambos.

- Yo también, papá. Tenía miedo por lo que pasaba...

- Nada va a pasar que no queramos, mi amor, estamos juntos y no te dejaré.

- Hola Daniel, ¿supongo que te gustó la sorpresa?- interrumpió el Peta, con la mirada picarona de un verdadero amigo que sabe lo que uno necesita.

- No esperaba menos de ti.- contesté, mientras advertía que Natalia y también el Peta, miraban a mi compañera de viaje, que se mantenía un paso atrás, gozando el momento.

- Mi niña, te presento a Francesca. Ella me acompañó en toda esta travesía increíble que luego te contaré.

- Hola preciosa.- dijo tranquila, con un gesto amigable, extendiendo la mano a Natalia.

- Hola.- contestó con timidez.

Pensé que no era momento de decir nada más y cambié de tema.

- ¿Cómo están las cosas por aquí?... ¿alguna novedad en el periódico?...

- Esperando tu reportaje, después de todo lo que hemos visto en las noticias internacionales, que son todas informaciones muy confusas. Ernesto está como tigre enjaulado esperando tu visita. Quiere juntarse contigo antes de almuerzo.

- Bueno, quiero ir a mi casa y darme una buena ducha. Necesito que me hagas un favor, no tengo espacio para Francesca, consígueme un buen hotel cerca para ella. Será lo último que pague con la tarjeta dorada que me diste. Después me arreglo con Ernesto.- le dije al oído.

- Esta linda, ¿algo más que contarme?

- Encontré mucho en este viaje; pasarán eventos importantes en este planeta y aprendí que hay cosas que no pueden dejarse de lado como son los afectos.- expresé mientras miraba como Francesca y Natalia conversaba y reían como si se conocieran de toda la vida.

- Bueno, después me contarás detalles.

Nos fuimos del aeropuerto en el auto del Peta. Natalia le dio a la italiana todo un tour virtual de Santiago, con los lugares que no podía dejar de visitar. También nos contó todo lo que vivió en su viaje por *Disney*. Estaba exultante. Yo, mientras tanto, pensaba en como poder mantener esa felicidad de su corazón más allá de este encuentro, formando una familia feliz con ella y con Francesca.

- Peta te llevará a un buen hotel por aquí cerca. Descansa y te pasaré a buscar más tarde. Te quiero.- le dije cuando nos bajamos con Natalia en mi casa.

- No te preocupes. Debo hacer algunos llamados y arreglar algunas cosas. La vida cambió y creo debo hablar con mi padre.- me dijo para dejarme tranquilo.

Todo parecía tomar un cauce de aparente normalidad con la vuelta al terruño. Como decía el maestro: hay que volver a los lugares sagrados…

Capítulo XXVII: Reencuentros desafortunados.

Habían pasado solo dieciséis días desde ese tres de diciembre en que se me encomendó este trabajito. Mientras dejaba escurrir el agua caliente por la nuca, ordenaba las ideas para poner en el reportaje. Tenía mucho escrito en mi *notebook*, respaldado además en un *pen drive,* pero había muchos más recuerdos y detalles importantes en mi mente, que debían ser incorporados en el escrito final. Sin embargo, por otra parte, pensaba solo en un escueto informe para entregarle a mi editor con los hechos más relevantes del profeta Al Habi Rushdie, de su atentado y de las luces misteriosas que acompañaron la desaparición de su cuerpo, para quedarme con toda la información vivida en primera persona, que me tenía aún como uno de los personajes principales de la historia. ¿Para qué correr riesgos de ser censurado o visto como un loco?... era preferible guardar material para un libro propio, me lo debía a mí mismo, se lo debía a Di Sostri y por cierto, al maestro. Así también, bajo el rótulo de ficción, era más fácil exponer una verdad increíble. Ni la CIA ni el Vaticano podrían enterrarme. Fui a encontrarme con Ernesto Vera, pero antes debía ir a dejar a Natalia…

- Papá ¿cómo estás?...

Francesca necesitó comunicarse con su padre a la distancia. De alguna manera tenía que suavizar la pelea de unas semanas atrás, la última vez que hablaron. Le debía una explicación y contarle que estaba en el confín del mundo, a la siga de un periodista alternativo. Quizá, esa parte era mejor obviarla.

- Te noto más serena, hija mía... ¿te aburriste de esos eco terroristas amigos tuyos?... ¿o se te acabó el cupo en la tarjeta de crédito?

- No recesito ironías, *papo*, te llamé en son de paz. Estoy en Chile ahora y siento que me quedaré aquí un tiempo.

- ¿Chile?... y ¿qué te llevó para allá?

- El destino.

- ¿El destino?... ¿será otro amor de verano?...

- No papá. Esta vez todo es mucho más complicado... este es el lugar donde debo estar y quizá no nos veamos en mucho tiempo. Por lo mismo quería decirte que te quiero.

Al otro lado se sintió el silencio de quien no sabe qué decir. Luego una respiración profunda, seguido de un suspiro.

- Espero que esta vez realmente encuentres tu camino. Me han dicho que Chile es un paraíso, tranquilo, de gente buena...- dijo casi entendiendo que su hija ya se había independizado de él.

- Yo también lo deseo... ¡Padre!...- exclamó temiendo que hubiese cortado por el silencio.

- Aquí estoy.

- Sucederán cosas asombrosas muy pronto. Vete a la campiña, a la casa de la *nona*, no te quedes en la ciudad.

- ¿Sigues con esa mirada apocalíptica?... el mundo no se acabará todavía, *ragazza* mía.

- Más vale prevenir que… lamentar.- fueron las últimas palabras de Francesca.

No volvieron a hablar.

Luciana nos esperaba en el umbral de la puerta de su casa. Finalmente Adolfo le dio la morada de sus sueños. Al verla sentí nostalgia, un lejano recuerdo de días mejores quiso venir a mi mente, pero pronto se desvaneció. Ya no había fuego ni cenizas.

- Que bueno verte sano y salvo, las cosas no estaban muy seguras al otro lado del charco.

- Cosas del oficio.- mentí para quitarle dramatismo a sus palabras que sonaban a reproche.

- ¡Voy por mis cosas papá! ...¡hola mamá!- interrumpió Natalia mientras entraba corriendo a la casa.

- Me la llevaré unos días.

- Claro… si ella quiere… y ¿cómo resultó el reportaje?

- Será un buen golpe para la competencia. Al parecer nadie puso muchas fichas en esta noticia y sucedieron cosas asombrosas. El hombre era un iluminado.- dije con elocuencia, vanagloriándome de mi trabajo.

- No sé, tú sabes cómo es esto. Las cosas suceden rápido y Adolfo fue enviado al Vaticano ayer a entrevistar a un cardenal que al parecer estuvo involucrado.- dijo advirtiéndome que quizá la televisión fuera más instantánea que un reportaje y preguntó:

- ¿Es verdad que hubo luces extrañas y algunos muertos?...

- Luciana… algo hubo. Fui testigo directo de los hechos que rodearon a un hombre místico, y de varios pequeños milagros, pero ahora quiero pasar unos días con mi hija… quiero llevarla al sur una semanita.- mentí.

-¿Estás bien?- me interrogó, viendo alguna vaga expresión en mi rostro y sintiendo en mis palabras algo oculto.

- Sí, Luciana, estoy muy bien…- contesté con la imagen de Francesca en mi mente.-…y ¿tú?

- Bien. Las vacaciones estuvieron fantásticas.

Su respuesta me convenció que su mundo giraba en torno a lo superficial, a lo obvio, y pensé en lo distante que estaba esa mujer de mí. Natalia volvió con su pequeña maletita rosada y un sombrero coqueto para el sol.

- Cuídate, y dale saludos a Adolfo cuando vuelva. Ah, y dile que el cardenal De Souza es un personaje secundario.- dije sabiendo que tenía la mejor información de esta historia en mi memoria.

- Cuida tú a mi hija, y pásalo bien chiquita.- dijo arreglándole la inclinación de la visera del sombrero, mientras la miraba con ternura.

- Claro, mamá, siempre la paso bien con papá.

- No te preocupes, estaremos bien.- casi murmuré mientras tomaba la mano de Natalia para emprender otro viaje.

Pasé por el hotel de Francesca, cruzamos algunas palabras de afecto, y con la mirada pude trasmitirle que no iríamos pronto. Le pedí que se quedara con Natalia, mientras iba a ver a mi editor. Este tiempo les serviría para conocerse y pronto se pusieron a conversar, felices de la vida. Todo iba viento en popa.

Eran más de las tres de la tarde. Estaba atrasado, pero eso no me incomodaba. Sabía que tenía el sartén por el mango. La secretaria de Ernesto me saludo más efusiva que de costumbre.

- Bienvenido Daniel, parece que ahora viene la buena racha.- dijo con una sonrisa de par en par.

- Nunca se sabe. ¿Está Ernesto?

- Sí, claro, te espera hace rato.- me advirtió cambiando el semblante, para luego prender el intercomunicador: -Don Ernesto, llegó Daniel.

- ¡Que pase rápido!- se escuchó fuerte y claro.

Abrí la puerta y lo primero que vi fueron sus ojos entusiasmados, ansiosos. Se levantó a saludarme, efusivo, cosa que casi nunca hacía.

- Daniel, yo sabía que esta vez tu instinto daría en el clavo.- dijo más bien vanagloriándose.

- Bueno, pero aún no has visto el reportaje.

- Sí, lo sé, pero las noticias vuelan y tú has causado revuelo, tanto así que me han llamado de Estados Unidos, de Roma y de Francia, pidiendo tu reportaje. Incluso gente de lo más sospechosa, que, por otro lado, nos amenaza si lo publicamos, incluso queriendo comprar toda la información. Eso es bueno, muchacho. Tocaste más de una veta de oro en tu periplo.

- Ernesto, quizá los hechos no sean tan espectaculares como crees…

- ¡Que va!... si hay muertos, luces extrañas y la CIA y el Vaticano tras de tu información, es suficiente para mí.

- Bueno, aquí te dejo mi *pen drive* para que lo revises. Puedes corregirlo, pero se puede publicar tal cual está.- dije con total sobriedad como si fuera un trabajo más.

- ¿Cómo?... pero quiero saber tu versión de los hechos… ¿Qué fue lo que pasó con este hombre?...

- Todo lo que pude vislumbrar es que era un hombre santo, un profeta de verdad que traía un mensaje profundo y que murió a manos de unos fanáticos, en medio de un caos seudo religioso en Egipto.- argumenté con distancia y vaguedad.

- ¡Eso es todo lo que me vas a decir!

- Es que hay cosas que no puedo explicar porque no tienen una explicación concreta. La CIA cerró el caso en mis narices luego de la desaparición del cuerpo de Al Habi. Y lo demás, son solamente palabras de un hombre que anuncia la venida de Nuestro Salvador, como lo hace cualquier religioso.

- Te estás guardando algo... o quizá has recibido amenazas y estás asustado... ¡Eso es!... ya compraron tu información... ¡No puedes hacerme esto!

- No, Ernesto. Lo que presencié, lo que investigue, está todo en el reportaje, pero debo decirte que hay muchos cabos sueltos a los que no puedo responder. Traté de ser lo más veraz posible. Es un buen reportaje.

- Bueno, eso espero. Lo leeré y vuelve como a las ocho de la noche para ver lo que publicamos de manera de dar nuestro golpe mañana a primera hora... ¡Ah!, y otra cosa, llamó el relamido de Adolfo García Rico para pedir antecedentes del caso, ya que estaba en el Vaticano cubriendo la versión de un Cardenal que parece también estuvo ahí, en el Cairo. Espero que no salga antes que nosotros con la primicia.

- No te preocupes... ese hombre no sabe más que yo. Están tratando de lavar su imagen, como personero del Vaticano, de todo lo acontecido.

- Bueno, tengo que creerte... y ¿cómo está el Lopo?... ¿fue buen guía?

- Ese hombre es digno de otro reportaje que ya te daré. Se portó de maravillas, si hasta me salvó de una bala perdida.

- Bueno, bueno. Anda a descansar y te espero en la tarde.

- Ok.- afirmé, seguro que no estaría ahí para entonces.

Capítulo XXVIII: La vuelta de tuerca.

Ese mismo día, Gian Luca Di Sostri caminaba por el barrio de Ahmed Rushdie, en el Cairo. Pensaba en todo lo sucedido y el cambio profundo que esto significaba para la Iglesia, su Iglesia, que tanto quería y donde tenía depositada su fe. Había podido comunicarse con su referente, el padre Mac Corney, y luego de contarle todo lo sucedido, ya no sabía qué era real y qué no. La reacción de su superior lo había confundido, sobre todo porque avalaba la versión de los hechos del Cardenal De Souza, que decía que todo había sido una charada de un organismo fanático, queriendo desestabilizar a la Iglesia. Y que el verdadero suceso era la visita de seres iluminados, enviados de Dios.

Había permanecido en el Cairo, porque sentía un compromiso real con Al Habi. La misión aún estaba en marcha, no sabía cómo, pero creía que todo lo sucedido era parte de un plan divino que corría por otros causes que los del Vaticano. Estaba entre dos aguas, pero aún así, no se sentía traicionando a Dios, si no justamente en una cruzada de Dios.

La noche anterior, se durmió lleno de dudas, pero tuvo un sueño revelador. Al Habi apareció entre su confusión:

- "Ha comenzado una nueva era. Dios ha vuelto por su reino y habrá una gran batalla en la Tierra. Ángeles y demonios se pelearán las almas de los elegidos y muchos morirán víctima de sus propios pecados, de su soberbia infinita. Muchos han probado la fruta del árbol del bien y el mal, y han quedado presos de la razón sin corazón. No hay una única verdad acerca de Dios, si no muchos caminos hacia Él, que sólo pueden ser vistos con el corazón puro. Mira con los ojos que te han sido dados. Déjate curar de tu ceguera y ve lo que el hombre de los milagros quiere que veas. Mira la Luz y no te encandiles, que él viene a buscar a los que realmente creen en Él."

Despertó con la sensación de que debía visitar nuevamente al padre del maestro. Y ahí estaba, frente a la puerta de la modesta casa. Ni tuvo que golpear, pues ante su sorpresa, Ahmed Rushdie lo estaba esperando.

- Padre Di Sostri. Pase. Ha llegado la hora.

- Don Ahmed… ¿me esperaba?... ¿de qué me habla?...

- Mi hijo vino a visitarnos ayer y nos pidió que en los próximos días nos dirigiéramos a un lugar sagrado. Y que lo lleváramos a usted para que fuera testigo.

- ¿Testigo?... ¿lugar sagrado?...

- Dijo que usted tenía una misión encomendada desde que había sido sanado y que ahora era el momento. Que usted era el encargado de develar el mensaje y de trasmitirlo a los elegidos.

- ¿Pero si ni siquiera sé quiénes son los elegidos?...

- Lo sabrá, confíe en su instinto.

- Yo confío en su hijo, él ha guiado mis pasos este último tiempo.

- "No es así, Gian Luca. Yo solo fui la mano de Dios que te eligió y te curó en tu infancia. Ve con mi padre. Él te mostrará lo que debes ver"- la voz de Al Habi inundó su mente convenciéndose de que todo era cierto.

Durante ese día, Ahmed y su mujer le atendieron como a un hijo más. Le mostraron un montón de dibujos y anotaciones que el niño Al Habi había hecho antes de desaparecer y todas apuntaban a señales de visitas del cielo, hechas en muchas civilizaciones distintas. ¿Cómo habíamos sido capaces de no ver las señales?... si siempre estuvieron ahí, al alcance de las mentes más brillantes, científicos, arqueólogos, religiosos, mandatarios, que sin embargo, no quisieron ver, pensaba y recordaba conversaciones con el propio Mac Corney en que algunos milagros investigados por el Vaticano, rozaban lo sobrenatural, lo inexplicable, incluso por la fe, ya que tenían componentes acerca de abducciones, visiones y alucinaciones, que tenían en común seres extraños, viajes en naves hacia otros mundos y experimentos con consecuencias severas para las personas investigadas, amén que muchas veces hubiesen tenido curaciones milagrosas y dones desconocidos para nuestra raza. Los dibujos de este niño profeta eran de ese tenor.

- ¿Dónde tenemos que ir?
- A los templos del Nilo. Mañana por la tarde.

A algunos kilómetros más al sur del continente africano, Leopoldo Varas regresaba a casa con la certeza de que debía continuar su misión personal con Salayia. Ya había sido testigo de los hechos revelados hace un tiempo por el maestro Al Habi, ya había guiado al nuevo discípulo hacia su destino oculto y lo había protegido de las fuerzas oscuras que lo acechaban. Casi se le había ido la vida en eso, pero ahora era su momento de paz y recompensa. Vivir la vida de los naturales, de los elegidos, en un mundo nuevo, con la mujer de la cual había aprendido todo lo que antes no había vivido, los secretos de la naturalidad, de los instintos primariamente puros del amor verdadero. Ahora era el tiempo de engendrar hijos para un nuevo mundo mejor. Y él era un privilegiado.

Salayia lo recibió con su sonrisa amplia y llena de bondad, lo agasajó con manjares de la tierra, fruta fresca, agua pura, y le dio ese masaje recuperador que sabía hacer con sus manos divinas, con esencias naturales que reanimaron su cuerpo herido y cansado. Luego hicieron el amor de la manera que tanto había añorado en esas semanas junto al bueno de Mori. Lo recordaba con cariño, era una persona pura de sentimientos, era un elegido como él, pero que tenía una misión más allá del entendimiento presente.

Al otro día partiría con Salayia a las tierras sagradas y se alejarían de todo conflicto.

Eran las siete de la tarde. Ahmed Rushdie llevaba los dibujos y anotaciones hechas por su hijo casi treinta años atrás. Dibujos que entonces no entendió, pero que en este día tenían la trascendencia de un mapa mágico del tesoro, de una escritura sagrada. El padre Di Sostri había dilucidado señales en los trazos, el río Nilo pintado por trazos azules y esos dos construcciones a los lados que primero le parecieron pirámides, pero que a la luz de lo sucedido con Al Habi, eran los templos de *Luxor* y *Karnac*, y ese trazo café que asemejaba a un tronco, con una esfera amarilla encima, ahora entendía que era la barca funeraria de Amón Ra. Estaban ahí, explorando la historia, buscando los secretos.

- Padre, mi hijo se obsesionó con los mitos solares, los dioses del sol de diferentes civilizaciones y pueblos primitivos. Por todos lados había referencias acerca de "dioses del cielo y del aire" que están presentes en todo.- comentó Ahmed al ver las asociaciones que hacía Di Sostri entre balbuceos.

- Hay cosas que están rebotando en mi interior hace rato, don Ahmed… veo aquí referencias a la triada de *Tebas* y no puedo dejar de relacionarlo con mi fe cristiana, con la Triada de Dios Padre, Hijo y Espíritu Santo.-

- ¿A qué se refiere?

- Su hijo hizo muchas alusiones a ser el mensajero entre Dios y los hombres, que él llamaba "no tocados". He buscado información de la Triada de *Tebas* desde el atentado a su hijo, ya que el templo de *Luxor* está relacionado a *Amón*, dios llamado "el presente en todas las cosas", a su unión con *Mut*, la madre y que se relaciona a la tierra, y a su hijo *Jonsu*, a quien se denomina como "aquel que atraviesa los cielos" y "deambula en la barca de millones de años". Todo eso tiene que ver con los portales de luz que vimos ese día de la muerte o, ya no sé realmente, quizá la desaparición de su hijo, y en los cuales desaparecieron muchas personas de forma voluntaria. Mi fe habla de que Dios envió a su hijo Jesús a través de su madre virgen María, y, luego de morir, subió a los cielos, resucitó. Mi dios también "está en todas las cosas", y su hijo "atraviesa los mundos de la tierra al cielo", y la madre es su "portal" humano, o incluso la representación de la Tierra que lo recibe. Ve la similitud. Su hijo me dijo, "el que quiera ver que vea, y el que quiera escuchar que lo haga".

- Padre Di Sostri, mi pequeño Al Habi en sus últimos días antes de desaparecer, a la edad de tres años, hablaba como un adulto.

- Lo sé, recuerde que yo fui uno de sus primeros milagros, justo por estos parajes.

- Sí, pero hablaba de que los dioses habitaban entre nosotros y que venían y se iban al cielo con lo mejor de esta tierra… y también está lo de la barca solar, que llevaba al faraón a través de la muerte a otro mundo. ¿Conoce usted la Fiesta de *Opet*?…

- No ¿por qué?

- Pues es un ritual lleno de alegría por las bendiciones de la crecida del Nilo, que luego de arrasar las orillas, era el inicio de un periodo de fertilidad y frutos. Y todo tenía que ver con las fases de la luna y el sol, de *Jonsu* y *Amón*, en conjunción con la madre tierra, *Mut*.

- Creo que tengo lo que buscaba, don Ahmed, debo ordenar las piezas de este puzzle y hablar con mis superiores, ya que esto puede cambiar nuestra visión de las cosas para siempre. Debo partir cuanto antes al Vaticano.

- Haga lo que tiene que hacer. Nosotros nos iremos con nuestro hijo. El día ha llegado.

- Que así sea, buen hombre. Déle a Al Habi mi promesa de que cumpliré con mi misión.

Di Sostri se encontraba parado justo al frente de la Santa Sede. No sabía que le iba a decir a su mentor, el padre Mac Corney. Sentía que estaba a punto de hacer tambalear las estructuras más profundas de su Iglesia, y no sabía como su testimonio iba a ser tomado.

Caminó lento por la *Via della Conciliazione* y en la medida que avanzaba, no pudo dejar de mirar a lo alto, a los ciento cuarenta santos que lo interrogaban silenciosos con la tradición católica, apostólica y romana de todos los tiempos, a cuesta. De pronto, el obelisco al centro de la plaza se le hizo familiar, era similar al del templo de *Luxor*, y se preguntaba que hacía ahí un signo de la cultura griega y egipcia, en medio de la capital de la fe cristiana. Por primera vez le pareció que era una señal de conexiones ocultas que había pasado por encima todos los años de sus estudios teológicos. Sabía que el obelisco gemelo del de *Luxor* de *Ramsés II* estaba en Paris, pero no había reparado que éste era muy parecido, aunque sin ningún dibujo o relieve. Era extraño que no tuviera inscripciones egipcias, quizá habían sido borrados de alguna manera para ocultar algo. Siguió con esos pensamientos hacia el edificio del Palacio Apostólico. El guardia lo saludó con respeto y abrió la puerta. Conocía el camino de memoria, pero esta vez se le hizo dificultoso transitarlo. Temía no ser recibido bien. Sin embargo, la secretaria lo saludó con afecto.

- Padre Di Sostri, que bueno verlo de regreso. El padre Mac Corney está con el Cardenal De Souza y un visitante de América del Sur. Le aviso que usted está aquí.- dijo con diligencia.

- Si está ocupado, no se preocupe, lo espero…- dijo ordenando las ideas y tranquilizando su corazón.

- ¡Ah, que bueno!, que pase.- la voz carrasposa de Mac Corney se escuchó por el intercomunicador.

- Parece que lo esperaba…

Di Sostri avanzó casi sin escuchar esas palabras y abrió la puerta imbuido en sus futuras revelaciones.

- Gian Luca, que bueno verlo de regreso.

- ¿Cómo está usted padre Mac Corney?... Cardenal, no nos vimos más en el Cairo, volvió rápido.

- Así fue. Tenía que orar y prepararme junto a mi familia eclesiástica, aquí en la Santa Sede. Hay mucho que hacer, se vienen tiempos de Nuestro Salvador.

- Si, así es, estamos en tiempos de Nuestro Señor y hay que estar atentos siempre.

- Le presento a nuestro invitado. Viene desde Chile, un país muy devoto. El Sr. Alfredo García Rico es un destacado comunicador de la televisión chilena y está muy interesado en los nuevos acontecimientos y nuestra misión.- añadió el Cardenal.

- No entiendo... de qué me habla.- dijo Di Sostri, asombrado por conocer dos chilenos en este asunto en tan poco tiempo.

- Buenos días, padre, estoy aquí para entrevistar al Cardenal De Souza como uno de los testigos presencial de lo que parece visita de seres iluminados o... ángeles, que bajaron rodeados de extrañas luces en Egipto. Encantado de conocerlo, me dicen que usted también los vio.- habló García Rico, locuazmente como era su costumbre, estrechando la mano algo inerte de Di Sostri.

- Sí, estuve ahí, pero tengo otra perspectiva de los hechos. ¿No le parece Cardenal que antes de dar entrevistas, tenemos que confrontar nuestras opiniones ante nuestros superiores en estos asuntos?...

- Gian Luca, ya hemos hablado con el Santo Padre y está de acuerdo con que asumamos nuestra responsabilidad como Iglesia, como intermediarios ante los enviados.- expresó convencido Mac Corney, mientras De Souza asentía con la mirada puesta sobre el joven sacerdote.

- Entonces los dejo, debo, quizá, expresarle mi visión al Santo Padre.

- Señor García, perdone a nuestro impetuoso hermano. Cardenal, quizá deban ir a la sala de reuniones a contestar las preguntas de nuestro invitado, mientras yo hablo con el padre Gian Luca.

- Si, perdone usted, no quisiera ser motivo de discordia.- expresó con su angelical cinismo y carisma, Alfredo García Rico.

De Souza y el entrevistador se fueron por la puerta en silencio, sin despedirse, mientras Di Sostri se había quedado mirando por la ventana el edificio continuo donde residía el Sumo Pontífice… ¿Cuánto sabría de todo esto?... ¿Qué le habrían dicho de estos eventos sorprendentes?...

- Gian Luca, no fuiste muy gentil.

- Padre, usted sabe que yo soy un sacerdote obediente y conciliador. Hice mi trabajo en este asunto con disciplina y rigurosidad, pero usted antes de oír mi versión completa de las cosas, prefiere creer la del Cardenal.

- Gian Luca, conozco a De Souza desde ante que a ti, nos formamos juntos. Es un buen hombre, ¿por qué no he de creerle?...

- Porque fue tentado, estuvo ahí y no vio las señales. Se dejó embaucar por un fanático como Sebu Afterbell y avaló las acciones de Mukomo.

- ¿Mukomo?

- Un misionero, discípulo de De Souza, que atentó contra Al Habi y luego…

- Di Sostri, no cree que son muchas confabulaciones en las que está involucrando a la Iglesia.- dijo enojado Mac Corney.

- Yo soy testigo directo de esta historia y he descubierto, estos últimos días en el Cairo, algo que puede ser incluso peor para nosotros si no reaccionamos a tiempo.

- ¿Qué quiere decir?

- Que nuestras creencias pueden estar erradas, no en el mensaje, pero sí en la forma, y que la verdad es una, pero no necesariamente la nuestra.

- ¿Cómo?

- Nada del mensaje de Al Habi va en contra de lo que dijo nuestro Señor Jesucristo y que, incluso, otras creencias más antiguas, de otras civilizaciones, son más cercanas de lo que creemos a las nuestras.

- ¿Qué estás diciendo?

- Que el Santo Padre y los Cardenales deben escuchar mi reporte antes de autoproclamarse como los intermediarios de este asunto. Debemos tener cautela y analizar los hechos según vayan aconteciendo. Debemos estar preparados para todo. Y por favor no autoricen esta entrevistaególatra que quiere hacer De Souza.

- Está bien. Quiero que me des tu informe completo para entregárselo al Santo Padre en persona y conversar en privado.

- Sra. Victoria, ubiqué al Cardenal De Souza y que venga enseguida.

De Souza recibió con hastío el llamado. Sabía que las cosas se complicaban.

- Señor García, le ruego me disculpe. Debo volver donde Mac Corney. ¿Quiere otra taza de té?

- No se preocupe. Aquí lo esperaré.- dijo con aparente tranquilidad, pero seguro que esta entrevista exclusiva lo catapultaría a la primera plana internacional de los medios de comunicación. Sentía que nuevamente le estaba robando la guinda de la torta al pobre Daniel, gracias a la conversación que Luciana había escuchado de boca de su hija Natalia con su padre, y por cierto, a la llamada oportuna de Ernesto Vera, que quería saber de todas las fuentes posibles los hechos no contados por Mori. De alguna manera él y el editor eran ahora socios en quizá la mejor noticia de la historia. Y con este soplo no dejaba de confirmarse a sí mismo, que era un hombre con suerte, destinado al éxito.

Capítulo XXIX: ¿el fin?

Ese 21 de diciembre era un día marcado. Nos levantamos con un sol luminoso en esa hermosa parcela de Chiloé que había pedido prestada a la madre del Peta. Una pequeña cabaña en la mitad de una suave colina con vista al mar, rodeado de sonidos naturales y animales sueltos que pastaban. Preparé unos huevos de campo y unas tazas de té con leche para Francesca y Natalia. Habíamos llegado la noche anterior en un viaje apurado, escapando de Santiago y todas las preocupaciones. Quería estar con ellas y esperar lo que tenía que pasar…

A medio día nos dirigimos al pueblo. Quise saber que había pasado con mi reportaje. Seguro estaría en primera plana y Ernesto, aún sabiendo que no era toda la información, estaría satisfecho por haberle ganado a la competencia. Sin embargo, nada había en El Mercurio acerca de mi primicia. Sabía que muchas veces la edición en provincia no era la misma que en Santiago y llamé a mi amigo, el Peta.

- ¡Daniel!... ¡¿dónde estás?!...

- Calma, Peta, estoy bien.

- Sí, pero aquí todo está mal. Ernesto está como un ogro. No le permitieron publicar nada de lo que trajiste, y te han estado buscando muchas personas distintas…

- Muchas personas distintas dices...

- Sí, te llamaron del Vaticano, un sacerdote de apellido Di Sostri. También el pedante de Alfonso García Rico y tu mujer. Y para qué decir Ernesto…

- Escucha Peta, estoy en un lugar seguro que ambos conocemos. Tu madre nos acogió aquí en Chiloé, pero te pido que no reveles a nadie esa información. Si no te lo contó, fue porque yo le pedí discreción. Estoy con Natalia y Francesca donde debo estar y me gustaría que después de unos días de que pase esta locura, tú también pudieras venir acá.

- ¿En Chiloé?... ¿con mi madre?... ¿te estás escapando de alguien?...

- No, amigo. Estoy donde quiero y con quien quiero estar en este momento. Tu madre es sabia y comprende que son momentos para estar con la Pachamama, en los lugares sagrados…

- ¿Qué quieres decir?

- Que ojala vengas pronto y te refugies con tus seres queridos.

- ¿Tú temes que pase algo?

- Digamos que algunos daremos un paso adelante y otros se quedarán atrás.

- Daniel… me estás hablando como el profeta ese que fuiste a reportear.

Yo reí. Era cierto, hablaba con paz y con una sabiduría que no era propia de mí.

- Tranquilo, amigo, soy yo, y te hablo de corazón. No le digas a nadie que te comunicaste conmigo, ni menos hagas alusión a que vendrás aquí.

- No te preocupes de eso. Nadie podría imaginar que estás allá.

Los ojos azules de Mikael Kass estaban pegados en la otra orilla. El viento fresco no alcanzaba a derrumbar la tibieza de un sol de mediodía en el sur de Chile. Nunca había escuchado de Chiloé y llegar a este rincón del mundo, le pareció un regalo antes de recobrar lo perdido. La embarcación que lo llevaba desde el borde del continente a esta enorme isla verde, era muy rudimentaria con respecto a los transbordadores de la Europa Moderna, pero le causaba una agradable sensación de amigabilidad con el entorno. Pensaba en Francesca y en su misión. Recordaba haberse ilusionado con el amorío que habían tenido meses atrás. Esta muchacha ingenua, acaudalada, que estaba dispuesta a dar todo por la causa, y que le había distraído de su objetivo final, con la ilusión del amor verdadero. Recordó las primeras veces que vio a Al Habi y que recibió su palabra en su mente. No pudo dejar de acordarse cuando se sentía un elegido junto a Francesca para la promesa de liderar un nuevo mundo. Pero todo quedó en nada cuando Al Habi había despreciado su propuesta de enfrentar al enemigo encarnado en el *Establishment* de una forma más directa. Nunca más sintió la voz y Francesca fue la elegida, hasta que tampoco le siguió hablando a ella. Las continuas peleas al interior de *Greenpeace* y la inoperancia, la poca visibilidad de logros reales, los fueron separando hasta que se unió a fracciones más duras que ya no iban por acciones de alegato ecologista, si no por intervenciones más traviesas como el "jaqueo". Conoció por Internet a un hombre misterioso que sabía mucho de Al Habi Rushdie, y que sabía de seres iluminados que vendrían. Él le habló de los privilegios de estar en primera línea del saber y de la misión que los llevaría a ser los elegidos. Solo tres veces se comunicó con este personaje y le bastaron para convencerse de que podría recobrar lo perdido. Ese hombre tenía un nombre extraño: Sebu Afterbell.

Ahora estaba al otro lado del mundo, donde los continentes se acababan al sur, flotando a unos metros de una costa donde podría recobrar su lugar. Afterbell se lo había dicho. Había que estar del lado apropiado y Mori no le arrebataría por lo que tanto había luchado, el último año. Francesca Copolla era la llave, los había seguido sin que sospecharan nada hasta la última frontera…

Natalia estaba jugando afuera con el perro de la casa, un quiltro ágil que saltaba según ella movía el palo. Francesca se acurrucó a mi lado, buscando el calor de nuestros cuerpos. Ella provocaba en mi corazón una dicha mucho más allá del romance. Los últimos días, la idea de que estamos predestinados a estar juntos, ronda en mi interior. No puedo explicarlo. Los acontecimientos de las últimas semanas eran vertiginosamente sorprendentes y no habían dejado espacio para la reflexión. Unicamente ahora estaba en calma junto a ella y mi hija, en este lugar paradisíaco. Y esperaba que sucediera algo, esperaba una señal.

- ¿En qué piensas, *caro mio*?

- ¿No crees que todo esto no es casualidad y que las cosas no pueden terminar así?

- ¿A qué te refieres?

- Que estamos aquí, que encontramos el amor, que Al Habi me indicó que viniera a este lugar sin hablarme siquiera, que traje a mi hija que era lo único que me importaba de mi mundo anterior, y que no sabemos qué va a pasar…

- Daniel. Mi vida era un caos hasta que te conocí. Buscaba una causa que llenara mi vida vacía. Quería vivir la verdadera vida, pelear por lo esencial que no sabía que era y me encontré con las palabras del maestro que me confundieron más. Me sentí tocada por lo más sagrado y luego descartada, hasta que todo cambió con tu aparición. Rushdie volvió a hablarme y me insinuó que mi lugar en el plan era contigo. Y todo pasó en la medida que me fui enamorando de ti. No es más de lo que quiero y no me importa lo que va a pasar…

- Francesca, es que ya no podemos ser egoístas. Estamos siguiendo un plan como dices tú, una misión como dice Di Sostri, y no tengo idea de qué se trata. Me siento como una marioneta, sin embargo, igual sigo la luz de todo esto como el único faro en la oscuridad de este mundo, con tal devoción que, incluso, involucré a mi hija.

- Estamos viviendo con la carga de lo que hemos sido testigos, Daniel, y quizá eso nos ha traído hasta un lugar de más calma y contemplación.

De pronto mis sentidos se fueron de la conversación. No escuchaba más que el perro ladrando insistentemente y la risa lejana de Natalia se había enmudecido. Salí a ver al umbral de la cabaña y ahí lo vi…

Mikael Kass tenía a Natalia. Su brazo derecho la rodeaba y su mano izquierda tapaba su boca. Podía ver los ojos desesperados de mi niña.

- Hola, chileno. Te vine a ver a tu tierra. Tenemos cosas que hablar.

- ¡Mika, ¿Qué haces?!!- escuché tras de mí.

- ¡Francesca, querida!... sabía que estarías aquí.

- Si quieres hablar de algo, no tienes porque usar a mi hija.

- No creas. Tú tienes algo muy valioso que yo quiero y creo que la mejor manera de tenerlo es a través de un intercambio. Y que mejor que algo muy valioso para ti.

- ¿Qué quieres?... yo no tengo nada valioso.

- No lo sabes. Tienes a Francesca y también el consentimiento de Rushdie para recibir a los visitantes.

- ¿De qué hablas?

- Francesca, dile…

Me volví a ella intrigado y descompuesto.

- ¡¿Qué te pasa idiota?!!...

- Acaso no les has dicho que eres una nueva Eva…

- ¿Una nueva Eva?- pregunté mirando a la italiana.

- Mikael, suelta a la niña, somos amigos y podemos hablar como siempre lo hemos hecho. Tendrás lo que quieres, estoy seguro que Daniel prefiere la seguridad de su hija que cualquier otro estúpido privilegio.- dijo ella.

- ¿Y tú, qué prefieres?...

- Lo que tú quieras con tal de que lo dejes tranquilo a él y a Natalia.

Yo no dejaba de mirar al alemán, su mano y los ojos de mi hija, sin entender totalmente esta conversación. De pronto sentí otra voz…

-"Daniel, no le temas a los leones… la gracia de Dios está contigo. Tú eres el elegido. Dale lo que quiere y confía en Francesca"- era la voz interior de Al Habi.

- Mikael, dime lo que quieres, es verdad, lo único que me interesa es el bienestar de Natalia.- argumenté.

- Está bien. Si Francesca se va conmigo en el *jeep*, dejaré a tu hija unos metros más allá y no iremos, dejándolos tranquilos.

Quizá aún no sabes lo que pierdes y voy a creer en tu ingenuidad tercer mundista.

- Está bien, Daniel. Me iré con él, no te preocupes…

Lejos de tranquilizarme con los balbuceos de la italiana y con total desconfianza en la palabra de Mikael, dejé todo en manos de Al Habi y de Dios. Pero asentí. Francesca se subió al *jeep* que estaba a unos pasos del alemán. Este la siguió sin soltar a Natalia y todos se alejaron en el vehículo. Cien metros más allá pararon y mi hija bajó. Luego solo vi la polvareda tras ella, mi niña, que corría a mis brazos, pensando en que nunca más vería a Francesca.

- Papá, tengo miedo.- dijo al llegar junto a mí.

- Tranquila ya pasó.

- ¡No entiendes!, tengo miedo por lo que dijo ese hombre.

- ¿Qué dijo?

- Le dijo a Francesca que es el fin de los tiempos, que llegó la hora.

En ese mismo momento comenzó a sacudirse la tierra, sonidos de truenos emergían bajo nuestros pies…

Gian Luca Di Sostri miraba los ojos del Santo Padre y, de vez en cuando, los rostros descompuestos de Mac Corney y De Souza. Su relato y sus deducciones eran categóricos y corroboraban el informe escrito que le había hecho llegar esa mañana a Su Santidad, y que según podía ver habían sido leído con toda profundidad…

- Eminencia, ¿somos la piedra angular de la cual habló nuestro Señor Jesucristo?... ¿hemos encarnado realmente su palabra de buena nueva por todo el mundo?... quiero creer que no nos hemos convertido en unos nuevos y sofisticados fariseos, en un sanedrín juzgando a un nuevo profeta... y este nuevo profeta nos habló claro allá en África, nos mostró lo que viene, a orillas del Cairo. El Cardenal de Souza presenció todo... se nos viene la Parusía, pero no como la imaginábamos. Al Habi Rushdie vino a anunciar el Juicio Final y el Creador de todo ha decidido, tal como lo dijo nuestro Señor, salvar a los justos, a los de corazón puro, a los esencialmente "naturales". Yo vi como personas de bien se fueron a través de esas luces extrañas que bajaron del cielo y no hubo interlocutores válidos para su elección, solo los movió la fe a dar el paso. Creo, señores, que no somos imprescindibles para esta venida del Salvador.- concluyó Di Sostri.

El Santo Padre seguía con los ojos fijos en el sacerdote. Meditaba cada una de las aseveraciones que había escuchado. Luego miró a De Souza.

- ¿Qué opina de esta visión de los hechos, Cardenal?- inquirió.

- Que no podemos apartarnos de nuestra misión. Nuestro Señor Jesús nos nombró su Iglesia, su cuerpo, a través del cual desciende su espíritu a los hombres. Tenemos que estar dispuestos a colaborar con los ángeles del cielo.- dijo convencido.

- Y usted, Padre Mac Corney, ¿qué versión cree?

- No se trata de creer esta vez, se trata de actuar ante los hechos. O nos quedamos de brazos cruzados o vamos al encuentro de la luz. Yo estoy por enfrentar nuestro destino, cueste lo que cueste.

El Papa se quedó nuevamente pensativo. Miró al joven sacerdote y vio fidelidad en sus palabras, valentía en sus planteamientos. Miró a De Souza y vio convencimiento, fe, y de las últimas palabras de Mac Corney, vio un consejo sincero.

- Padre Di Sostri, creo que esta vez es necesaria la juventud y la proximidad con los hechos. Usted tiene una misión:

desde ahora será nuestro interlocutor con los visitantes, confiemos que ellos son enviados de Dios y que las luces son el camino a la Salvación más real de lo que pensamos sería. Si es verdad que esta es la Segunda Venida del Salvador, debemos estar atentos y dispuestos, sin soberbia a colaborar. Estudie los fenómenos que ocurren, contacte a quien crea pertinente y use los recursos necesarios para su trabajo. El padre Mac Corney lo asesorará espiritualmente, ya que veo que lo ha hecho bien hasta ahora. No hay que olvidar que usted es una prueba de uno de los milagros del mensajero. En cuanto a usted, De Souza, quiero que acate el secreto de esta conversación y distraiga la atención de la prensa hacia otro lado.

Todos miraron al Santo Padre con total seguridad de que actuarían como ovejas ante los designios del pastor. Se disponían a salir cuando empezó a temblar con inusual estruendo…

- ¡Calma preciosa, ya va a pasar!- dije sin estar realmente convencido de aquello, mientras Natalia se aferraba a mí.

- Tengo miedo papá, ¿Qué está pasando?...

- Lo que sea, no debes temer. Debes tener fe, Dios nos cuida siempre, estamos en el lugar correcto.

- Sí, pero y Francesca ¿no la veremos más?...

- No lo sé, pensaba seguirla, pero ahora…-

El temblor estaba cada vez más fuerte y ya había pasado más de un minuto. Los árboles se cimbraban con una extraña cadencia, el cielo se oscureció entre el tierral que se levantaba por los aires, confundiéndose con las nubes negras que se hicieron cada vez más bajas, además había truenos y avistamos relámpagos muy cerca.

Mikael Kass perdió el control del *jeep* en medio del camino barroso y movedizo. Tuvo que detenerse. Entonces Francesca aprovechó el momento y se arrojó afuera del vehículo, levantándose lo más rápido que pudo, a pesar de trastabillar por el zangoloteo de la tierra. Corrió y corrió, pero no pudo aventajar a Kass. Este la hizo caer jalándola del brazo.

- ¡¿A dónde vas, italiana?!!!

- Déjame… todo terminó. Ya es tiempo de estar del lugar correcto.

- ¿No entiendes?... te necesito a mi lado, unicamente contigo puedo tener lo que añoro. He hecho todo en esta vida para ser elegido… he combatido contra los poderes fácticos, contra el imperialismo, contra los que han acabado con nuestros recursos naturales, merezco la promesa de un nuevo mundo y Al Habi nos prometió eso a los dos.

- ¡Mika, eres tú el que no entiende!... todo esto se trata de ser puro de alma, de amar de verdad, y tú no lo pudiste ver a tiempo. Yo lo supe desde que conocí a Daniel.

- Eres una mujer manipuladora. Siempre buscaste estar cerca de los privilegiados.-

- No es así. Fui sincera con mis ideales…

- Eso no importa ya. Tienes que venir conmigo.- le dijo con fuerza mientras sostenía con rudeza sus muñecas.

Una grieta partió la tierra bajo sus pies, y en vez de parar, el terremoto se acrecentó. La lluvia se hizo diluviana en medio de los relámpagos, uno de los cuales cayó en un árbol, a pocos metros de ellos. Quedaron cegados por la luminosidad y luego el estruendo del trueno los aturdió más. Francesca le dio una patada en las canillas a Mikael y nuevamente logró correr, mientras el tronco del árbol caía fuertemente sobre la humanidad del hombre. No miró atrás y fue al encuentro de su amado.

Tras la polvareda, cae una cortina de agua, y mientras todo se mueve como en un sueño inconexo, pude ver la silueta que quería ver, mientras no dejo de abrazar con fuerza a Natalia. En mi corazón siento que termina un ciclo, que vienen tiempos mejores. Ella llegó donde estábamos, nos abrazábamos y fue entonces que Al Habi me dijo: "Es hora de partir… entren a la luz".

Adolfo García Rico caminaba con nerviosismo por los pasillos del palacio Papal, cuando comenzó a temblar. De Souza ya le había hecho saber que no podía darle la exclusiva de la noticia de los visitantes, pero a medida que el sismo se incrementaba intuyó que estaba en el lugar correcto para sus intereses mediáticos. Tras los aterradores cuatro minutos que duró todo, pensó que el mundo se acababa. Pero luego vino la tensa calma, los funcionarios del Vaticano corriendo por los pasillos y De Souza que nuevamente era su aliado.

- Están sucediendo cosas importantes. Tenemos reportes de que nuevas luces se aproximan a la tierra, en distintos puntos del planeta y que ha habido muchos temblores y terremotos casi simultáneos asociados a estos eventos.

- ¿Por qué me dice eso?

- Porque tiene suerte de estar aquí. Usted podrá ser la voz para su país, para reportear esta situación extrema. Quizá no pueda ser la voz oficial del Vaticano, pero si será una muy bien posicionada para lo que viene.

- ¿Cree que me gusta llevar malas noticias a mi gente?

- No, pero sé que le agrada estar en medio de la noticia.

Una hora después, estaba despachando la noticia de que el mundo sufría un colapso. Terremotos, nevazones, huracanes, deshielos violentos, inundaciones, habían sido frecuentes en las últimas horas. "Dolores de parto de una nueva tierra para recibir la nueva luz…"

- "Miles de desaparecidos y muertos se han producido en las últimas horas en distintos lugares del planeta, ha llegado la hora de preguntarnos ¿qué hicimos para evitar todo esto?"- así empezaba su alocución para el noticiero de la noche.

Capítulo XXX: Epílogo.

Traspasamos el umbral… al otro lado un nuevo mundo se abre ante nuestros ojos encandilados. Natalia y Francesca no se han apartado de mi cuerpo. El abrazo conjunto ha sido nuestra sensación de seguridad, pero ahora, a medida que reconocemos la tranquilidad del lugar, vamos separándonos para descubrir la belleza que nos rodea. La luz es clara, el cielo de un azul intenso, el verde nos rodea con su majestuosidad. Escucho prístinos, los cantos de pájaros exóticos y el arrullo de las cascadas temblorosas. Natalia corre y ríe en medio de un prado deslumbrante, lleno de coloridas flores. De pronto recuerdo los relatos de los sueños de Dominique Devoroux y me sorprendo al verla paseando de la mano de Vossier, ambos desnudos y perfectos. Instintivamente miro en dirección a Francesca y veo su cuerpo resplandeciente, casi angelical, pero a la vez sensual y provocativa. Es, sin duda, mi Eva…

-¿Acaso estoy en el paraíso?- me pregunto.

- "Si lo estás.- me responde una voz interior conocida.- Has recobrado el paraíso perdido y deben crecer y multiplicarse en armonía, con la sabiduría del amor y de todo lo vivido. Para eso fuiste elegido."

Al Habi Rushdie completaba su labor como mensajero. Ahora nosotros, los rescatados, iniciamos la *nova vita*. Es el tiempo de seguir los vaivenes de las mareas del cielo…

9 789563 512816